陽キャになった俺の青春至上主義 2

You-kya ni natta Ore no Seishun Shijo Shugi

持崎湯葉
illust. にゅむ

Contents

You-kya ni
natta Ore no Seishun
Shijo Shugi

GA文庫

陽キャになった俺の青春至上主義 2

持崎湯葉

GA文庫

カバー・口絵・本文イラスト
にゅむ

第一章　夏休みの門番（真面目系クズ）

You-kya ni natta Ore no Seishun Shijo Shugi

新しい夏が来る。

ふとそう感じたのは、ちょうど一ヶ月後に夏休みが始まると気づいたからだ。

高校最初の夏休み。

去年までの夏休みといえば、ひたすらラノベや漫画を読破したり、ひとりで勝手にゲームのクリア耐久をしたり、妹と戯れたりしていた。

それはそれで楽しく充実した日々だった。そこにウソはない。

だが夏休みの間、ほぼ家族としか触れ合っていないという事実は、疑いようもなく切ない。顔を合わせたのも会話したのも家族だけ。監禁でもされとったんかワシは。

しかし今年は一味違う。

なぜなら俺（おれ）、上田橋汰（うえだきょうた）は陽キャになったから。

中学時代はどうしようもない陰キャな俺だったが、高校入学と共にキャラ変に成功。

正確には陽キャっぽく取り繕っているマインド陰キャというか、陽キャ憧（あこが）れというか、自分を陽キャだと思い込んでいるヤバい陰キャというか、解釈は様々だ。いまさら肩書きに囚（とら）

われる必要もないから自己解釈もこの通りテキトーになっている。

ともかく、俺は陰キャから陽キャになった。その中で何が一番変わったかと言えばやはり、夏を共に過ごしてくれそうな仲間ができたことである。

「キョータぁ、数学には魔物が棲(す)んでるよぉ……」

隣に座るギャルが、「よよよ……」などと言いながら俺にすがり付く。

「甲子園かよ」

「何が分からんのかも分からんち……人生の正解も分からんち……教えプリーズ！」

「人生の正解は分からんちだけど、問5の正解はx＝3、y＝5だから間違ってるな」

「たはーっ、こりゃ一本取られましたなぁ！」

「取ったつもりねえのよ」

俺の左隣で嘆いたり「たはーっ」としたりしているのは、青前夏絵良(あおまえかえら)。

見た目も口調もギャルだが、その実態は陰キャにも優しい以前に人として徳が高いギャル。それはもはや神様なのではと、俺は最近推察している。

ただし学力に関しては神の座から引きずり下ろされているようで、こうして歯を食いしばりながら数学の教科書と格闘している。

嬉(うれ)しい楽しい夏休み目前だが、そうやすやすと楽園へと辿(たど)り着かせないのが日本の教育だ。六月下旬、来週から期末テストが始まるのである。

そのための勉強会として放課後、俺たち六人はファミレスにやってきていた。

「橋汰ヤべえぞ！　昇格戦には魔物が棲んでる！」

「ス○ラやってんじゃねえよ。魔物以前にお前は先走るクセを直せ。あとバケツ向いてねえ」

「マジかよ！　じゃあ俺なにが向いてると思う⁉」

「反射神経はあんだから筆でも使っとけ」

カエラの正面でゲームに熱中しているのは、小笠原徒然。

ピュア脳筋の大男。髪はアフロのツーブロックという紛れもないキノコ。デカいキノコだ。

期末テスト直前だが、学力テストのことを一夜漬けでどれだけ詰め込めるか、という競技と勘違いしているため、このように焦りもしていない。

ではなぜ勉強会にいるのかというと、仲間外れにすると怒るから。メンヘラキノコだ。

「あんたらさっきからうるさいのよ！　ス○ラの勉強会してんじゃない！　それと反射神経を活かすなら筆じゃなくてシューター系よ！」

俺の右斜め前でガルルルといきり立っているのは、宇民水乃。

全体的にサイズ感が小さく可愛らしい容姿とは対照的に、性格はイガイガ系イキリオタク。

成績優秀の優等生なのでテスト勉強も真剣。口調こそ荒いが、言い分はド正論である。

それでも彼女に突っかかるのは、犬猿の仲である徒然だ。

「なんだと宇民この野郎！　黙ってうたみんイングリッシュでもやってろ！」

「………………」

「な、なんだ……急に静かになって……？」

「……ああ、ごめん。今あんたを血だるまにする方法を百二十通り考えてた」

「百二十⁉　い、今の一瞬でか⁉」

「まぁ今日のところは見逃してやるわ。記憶が飛んで、覚えた英単語まで忘れたら困るから」

「ひぃぃ～～～なんだこいつ怖ぇぇ～～～っ！　ちなみにシューター系ならどれがオススメ？」

「スシコラ」

イキるオタクとピュア脳筋。地獄みたいな関係だが何とか成り立っている。

「てかお前ら、龍虎を挟んでケンカすんな。大丈夫か龍虎」

「う、うん……大丈夫、慣れてるから……」

「そうか……お前教室でも、宇民と徒然の席に挟まれてるもんな……」

オドオドしながら笑っている超可愛いこいつは、三井龍虎。

女の子のように華奢で端正な顔立ちだが、俺たちと同い年の男の子。つまりは男の娘。人見知りで他人と話す際は緊張しがちだが、皆と過ごすようになって徐々に軟化している。

また、ペルソナを被ることで別の一面を見せてくれる。

「そうだ龍虎」

「な、何？」

「テスト勉強を頑張ってる俺に、甘めのメスガキをひとつ」

「こんな勉強よわよわじゃ社会でやっていけないよ〜〜？　仕方ないから僕が養ってあげようか〜〜？　な〜んてね♪」

「はぁ……これだよこれ……」

勉強の合間にメスガキ摂取。ＱＯＬ爆上げである。ＱＯＷ（クオリティ・オブ・わからせ）も向上させられるよう国をあげて分からせなければ。

「コォォォォ……！」

「はっ！」

メスガキ男の娘を堪能している最中、右隣から嫉妬（しっと）の息吹で圧力をかけてくる波紋使いがひとり。

「橋汰くん……ここ教えてって、さっきから言ってるのに……」

「そ、そうだったのか？　ごめん、聞こえて……」

「聞こえてない……？　私の声、橋汰くんに届かない……？」

「聞こえてた！　届いてたぞ遊々（ゆゆ）の声は！」

「本当に……？」

「耳じゃなくて心に届いたせいで、ちょっと反応が遅れちゃってな」

「えへえへ」

よかった、えへえへが出た。我ながら意味不明な弁解だが、機嫌が直ったようで何よりだ。

嫉妬とえへえへで忙しいこのピンク髪は、七草(ななくさ)遊々。

当初は引っ込み思案の少女漫画脳だったが、俺と出会った結果、なんやかんやあってピンク髪の少女漫画脳に変身。本人はギャルになったつもりらしい。垢抜けたし積極的にはなったが、絶対ギャルではない。

こんな六人でお送りするファミレスでの勉強会。

ペンの音だけが響く静かな時間に、なるわけもなく。

「キョータキョータ！　xのヤツがひでぇんだよ！」

「えへええへ、橋汰くん……私のところのxも、血も涙もない……」

「己(おのれ)の至らなさをxのせいにするんじゃない」

「橋汰くん……僕のyが大暴(あば)れで……」

「増やすな登場人物を！　数学のxとyを擬人化するな！」

「xが女でyが男だな。だってyってち○ち○みたいなの付いてるし」

「何言ってんのお前!?　昇格戦全敗しろ！」

「うるさーーーいッ！」

大方の予想通り、騒がしさが付きまとう仕上がりになるのであった。

どうでもいいけど龍虎の「僕のyが大暴れ」って、なんかちょっと意味深……。

「ぶっ殺すわよ」

はいすみません。

＊＊＊

テスト勉強をしているたびに発症する『突然本棚の並びが気になる病』や『意識だけ定期テスト後にトリップしてニヤニヤする病』に苛(さいな)まれる日々。

その闘病生活の末に俺は、なんとか期末テストを乗り越えた。

宇民にこの日々の辛(つら)さを告白したところ、「ただの現実逃避を大げさに言うな」「恥を知れ」「二度と勉学を語るな」「あんたは数学のこと好きだろうけど数学はあんたのこと嫌いよ」などの罵声を浴びせられた。そこまで言う？

テストの結果はというと、俺と遊々は中の上、カエラと龍虎は中の下あたり。徒然は大方の予想通り、全教科ギリギリ赤点を回避できたレベルだった。

そして宇民大先生はというと、堂々のクラス一位、学年では二位という異次元の好成績。

俺らとの勉強会のおかげだな、とうそぶくと「アレがなければ学年一位だった」「主にあんたと小笠原のせい」「出るところに出る」「裁判所から封筒が届く日を震えて待ってなさい」などの罵声を浴びせられた。もしかして俺、すごい嫌われてる？

何はともあれ一学期最大の山場は越えた。夏休みはもう直前だ。

あとは夏休みへの入国審査、二者面談を終えるだけ。

「おや、次は上田くんですか」

しかし、ひたすら面倒くさそうな入国審査官が立ちはだかる。

教室で待っていたのは、我らが一年B組の担任・小森（こもり）先生である。

「ちょうど良かった。お腹（なか）が空いていたので」

「また何か食う気ですか。俺、何回小森先生の食事シーンを見せられるんですか」

「私はお腹が空いたら食事をするようにしているのです」

当たり前のことなのに、なんか腹立つな。

俺が対面の席に着くやいなや、小森先生はどこからともなく細長い袋を取り出した。中にはクリームパンが四つ並んで入っている。

「これ、前は五個入りだったのに、四個になっちゃったんですよ」

「そうなんですか」

「世知辛（せちがら）いですよね。五個入りだったら上田くんにも一個あげられたんですけど、四個になっちゃったから無理です。そんな余裕はありません。すべて私のものです」

「気にしないでください」

「それでも私は買い支えますけどね。好きなものは言葉にするだけじゃなく、行動で示さなければ。そうやって私は今後も生きていくつもりです」

え、これ何の二者面談？

俺が話すよりも先に担任の人生観を聞かされる二者面談なんてある？

「当然のことながら、私がこうして二者面談の最中にクリームパンをモグモグとできるのは、上田くんがまったく問題のない生徒であるからに他なりません」

もっともらしいことを言って正当化しだしたぞ、おい。

「期末テストの成績は平均以上。生活態度も言うことなし。何よりクラスではリーダーシップをとってくれるようになりましたね。私としても非常に助かっています」

「まぁ、そうですかね」

「そうですよ。入学時からそういった雰囲気はありましたが、それを決定づけたのは、五月のプレゼンでしたね」

一年B組では一学期を通して、クラス全員が持ち回りで好きなことや伝えたいことをプレゼンするという授業があった。

そこで俺は、陽キャと陰キャについてのプレゼンをした。

ただそれは授業のためでもクラスのためでもない。

陰キャというカテゴライズの檻（おり）に囚われて苦しんでいた、遊々を救うための行動だった。

しかしそのプレゼンは思いのほか反響があった。少なからずクラスメイトたちにも刺さったらしく、今までにも増して話しかけられたり頼られたりするようになった。

やはり陽キャ陰キャというカテゴライズは、誰もが心のどこかで引っかかっているものなのだろう。クラスの変化で、それをより実感するようになった。

俺を見るクラスメイトたちの目は、ポジティブな色で満たされていた。中学の頃を考えれば社会的に大きな進歩といえる。

とはいえ俺としては、あまり浮かれられる余裕はなかった。

「慣れない立場で立ち回るのは大変だったでしょう。あまり教師が言うべきではないですが、この夏休みでじっくり骨休めしてください」

「……ええ、正直助かりました」

中学時代はぼっちの陰キャ。クラスの中心的なポジションに立つのは初めてだから、気苦労も多かった。人はそんないきなりバイタリティで溢れやしないのだ。

どうやら小森先生は教壇から俺を見て、そう懸念していたらしい。

変なところはあるが、実はいろいろとよく見ている、憎めない担任である。

「……あれ、もしかして私、良いこと言っちゃいました？」

「大丈夫です。それくらい誰にでも言えます」

「ああ、よかったです。一時はどうなることかと……ふぅ、ごちそうさまでした」

絶対に良いことを言いたくないという謎スタンスと、本当にひとつもクリームパンを分けることなく四個食べきるマイペースっぷりは、心の底からどうかと思うけど。

「まぁでも……まるっきり解放される、というわけでもないんですけどね」

ポロリと呟くと、小森先生はハンカチで口を拭きながら首を傾げた。

「遊々は……まだふわふわとしていて、放っておけないんですよ」

「ああ、なるほど。詳しくは知りませんが、彼女のアイデンティティの構築には、上田くんの存在が大きく関わっているようですからね」

詳しくは知らないくせに、的確に突いてくる人だ。

遊々も入学してからすぐの頃、陰キャから変化しようと試みた。

メガネからコンタクトに変え、野暮ったい髪をピンクに染めた。口調も「〜だし」など語尾につけるようになった。本人はギャルになったつもりらしい。残念ながらギャルになっているとは思わないが、垢抜けたのは確かだ。実際、遊々は可愛くなっている。

だが遊々は動画で見たそんな自分に、理想とは違うその姿に、耐えられなかった。

そして絶望した。陰キャはどう頑張っても陰キャだから、努力しても意味ないのだと。

そんな後ろ向きな思考を、俺は前述のプレゼンでぶっ壊した。

陰キャでもいい。それもひとつの個性だから。陽キャを目指して努力する自分さえも自分なのだからそれでいい。自由に生きたならそれでいい。そう伝えた。

そこに後悔はないし、正しいことをしたと思っている。

しかし自由だからこそ、どこへ歩いたならいいか、分かる人ばかりじゃない。

プレゼンの直後、遊々とこんなやりとりをした。

『私は……なんだろう……』

『それはこれから見つけよう。分からなくなったら一緒に考えるからさ』

遊々のアイデンティティはまだ宙に浮いた状態である。

それを一緒に考えて、より彼女らしい場所へと導いてやるべきなのは、俺だ。

小森先生が言った通り、遊々のアイデンティティの構築にはずっと、常に、俺が関わってきたのだから。

流石(さすが)に一から十まで付き合うつもりはないが、方向性が定まるまでは、遊々のためにできることがしたい。時には寄り添ってやりたい。

それが、好意を持ってくれている遊々に俺がしてやれる——最大限の親切だから。

「それは流石に『友達』の域を超えているとも思えますが……上田くんは、そうまでしなければ気が済まない、ということなんですね」

「はい。夏休みでも遊々とは何度も会うでしょうから、遊々を見守るという点では、休むことはないですね。俺も先導できるほど人生経験はないので、不安なところもありますが」

「まぁそんな時は、私にでも相談してください」

「え……？」

なんでもないようにこんなことを言う小森先生には、俺も照れ隠しで軽口を叩いてしまう。

「いやいや……そのたびに学校に来るのはしんどいですよ」

「大丈夫ですよ、わざわざ登校しなくても」

「へ？」

その言葉の意味を、俺はあれやこれやと思考する。

まさか連絡先を交換して、学校の外で会うということか……？

いやいやそれはマズいでしょう、プライベートで担任と生徒が会うのは。今のご時世いかがなものかと。いや俺としては全然いいというか、小森先生は面倒くさいパン食い妖怪な部分を除けば綺麗なお姉さんで……いやでも俺には心に決めた人が……っ！

「イマジナリー小森先生に相談すればいいのです」

「はい？」

脳がバグりそうになった。想定の外からの言葉が飛んできたからだ。

「え、すみません、なんて？」

「イマジナリー小森先生に相談すればいいのです」

うわーどうしよう、何回聞いても意味が分からない。何言ってんのこの人。

「すみません、ちょっとよく分からないんですけど……」

「上田くんは入学してから幾度となくこうして、私とおしゃべりをしてきました」

「いや、そこまで多くは……」

「それにより上田くんの脳には、私に関する膨大なデータが保存されているはずです。こういう時に私は何を言うか、どういうアドバイスをするかなど」

「いや、そこまで小森先生に脳のリソースを割いたことは……」

「つまり上田くんの脳にはすでに、小さな私が存在してると言っても過言ではないのです」

「恐ろしいことを言わないでください」

小森先生なんぞが脳内にいたら四六時中、面倒くさくて仕方がないわ。

「要はそれが、イマジナリー小森先生なのです。理解しましたね？」

「何ひとつ理解できていませんが」

「思い悩んだ時や、選択に迷った時は、いつでも語りかけてみてください。イマジナリー小森先生はいつでもあなたの助けになりますよ」

「一度でいいので俺の言葉を聞いてください」

何この人、こっわ。

二者面談で何を言い出してんの。何、イマジナリー小森先生って概念。

ボケですよね？　俺をからかってるんですよね？　じゃなかったら流石に心配に……。

「………」

「どうしたんですか、突然震えて」

「すみませんっ……上田くんがビビり散らかしている様が、おかしすぎてっ……」

「あーもうシンプルに引っ叩きたい」

陰キャ陽キャのカテゴライズと、担任教師に、翻弄され続けた一学期であった。

教室を出た俺は駐輪場へは向かわず、自販機を求めて放課後の校舎を歩く。

二者面談を終えた俺の身体は、無性に炭酸飲料を欲していた。

まるで一〇〇メートルを泳ぎきったプールの授業の後のよう。小森先生との会話での負荷は、およそ一時間の有酸素運動に匹敵するイベントなのである。

そうは言いつつ、夏休みに向けた課題を言葉にできたのは良かった。

遊々に対する意識と行い。

もちろん本人には言っていないが、彼女のアイデンティティを見つけるために、ひいては俺自身のアイデンティティを確立するために、必要なことなのだ。

とはいえこの夏の課題はもうひとつ。自分本位な願望もある。

カエラとの距離を縮める。あわよくば恋人同士にまで進展したいと思っている。

なぜなら俺は、カエラが好きだから。

カエラは可愛くてギャルギャルとしていてセンスがあり、一緒にいて心地のいい存在だ。

それにかなりモテる。歩いているだけで自然と男性の目線を集めていて、俺たちには明かさないが、この一学期ですでに何人かに告白されているらしい。

そんな情報を聞いてしまえば焦るというもの。

幸いカエラもまた、夏休みの間に会う機会は多いだろう。

それに夏休みの初めには、とある大きなイベントが控えている。

その中でグッと距離を縮めて、友達でない存在だと思ってもらいたい。それがうまくいったなら、この夏休みの間に告白して恋人同士になりたい。

モテるために陽キャになったのだ。好きな子と結ばれないでどうする。

ではどうやってアプローチするか。そもそもカエラの好みのタイプはどんなのか。

頭を巡らせながら、自販機のある中庭に足を踏み込んだ時だ。

「ん……うわっ」

俺はとっさに木の陰に隠れる。

中庭の中央、向かい合っている男女。様子を見るに、男子が告白しているようだ。

男子の方に見覚えはないが、女子はよく知っている。あまりポジティブなイメージで記憶に残ってはいないが。

告白されているのは隣のクラスの女子、西島(にしじま)だ。

ほとんど完璧といえる顔立ち。しかし性格は最悪な黒ギャルだ。

遊々と同じ中学で、聞く限り中学時代に遊々へちょっかいをかけていたようだ。今でも遊々や俺を見かけるたびに底意地の悪い笑みを見せる。俺が一番嫌いな陽キャである。

俺は今、そんな彼女が告白されている場面に紛れ込んでしまった。

よく考えたら隠れるのでなく、回れ右していれば良かった。そう気づいても今や後の祭り。下手に動いて西島に見つかれば、明日あたりダル絡みされそうだ。

こんなことなら校舎内の自販機コーナーに行っていれば良かった。ていうか告白する場所を考えろよ。ここはみんなの中庭だぞ。なに自販機の前で青春の一ページ刻んでんだ。

とにかく西島とは関わりたくない。なので俺は告白が終わるのをひたすら待った。

話の内容は分からないがボソボソ言っているのは聞こえる。しばし待っていると、どちらの声も聞こえなくなり、視界の端を男の方が通り過ぎていった。どうやら終わったらしい。

あとは西島がいなくなるのを待つだけだが……。

「なに見てんのぉ、クソ陰キャ」

「あー最悪……」

木の陰からヌッと顔を出してきた西島。俺の感情は驚くよりも絶望が先に立った。

「なにその反応ゴミじゃね。覗いてたのはそっちじゃん」

「覗いてねえし、関わりたくもなかったわ」

「マジウケる、じゃあなんで隠れてんの？　知らん顔して行ってりゃよくね？」

もっともである。

「悪かったよ。ただこの距離じゃ何も聞こえてねえから。じゃあな」

「え〜ほんと〜？　ねえねえほんと〜？　実は隠し撮りしてたんじゃね〜？　うわキモ〜」

西島は自販機に向かう俺の背中にピッタリ付いてきてダル絡み。

なんでこんなことに。俺はただ小森先生からの執拗なボケで疲れた身体を癒すため、炭酸のジュースを買いに来ただけなのに。いやじゃあ小森先生のせいじゃねえか。

そう思いませんか、イマジナリー小森先生？

『それは言いがかりですよね？　私がかわいそうだと思わないんですか？』

うわ、本当に出てきた。

「つーか誰から告られてたとか聞かねーのー？」

「誰から告られてたんだ？」

「てめえにゃ関係ねえだろクソ陰キャ〜！　きゃははははっ！」

腹の底がザワザワとする。本当にウザい。しかも告白されたばかりで自尊心マックス状態だからか、やけにテンション高く上機嫌。迷惑この上ない。

ただ男子が先に去って行ったところを見るに、オーケーしたわけではなさそうだ。

「お前なんかに告るとか、趣味悪いな」

「うーわセクハラ。陰キャにセクハラされたんですけど～。陰キャに比べたらさっきのヤツの方が数倍マシだわ～。どっちも無理だけど。つーかさっきのヤツ髪ダサすぎん？　あんな髪で真剣に告ってくるから吹きそうになったわ」

西島は、今度はつい先ほど自分に告白してきた相手をボロクソにこき下ろす。

スルーするつもりだったが、次の西島の言葉が、俺の思考を鷲掴みにした。

「つーかアイツ前から思ってたけど、アタシをアクセサリーとして周囲に自慢したいのが見え見えだったから。そんなヤツ腐るほどいるけど」

「…………」

「え、なにその顔？　もしかしてクソ陰キャくん、身に覚えあんの!?　ウケる～！」

「……ねえよ」

ない。あるわけがない。

だがどうして今、心に小さな痛みが走ったのだろう。

それではまるで、俺がカエラと付き合いたい理由が『カエラをアクセサリーとして見せびらかしたいから』であるかのようじゃないか。

「あんたがアクセサリーにしたいってんなら～、よくいる七草とかチビじゃねーよな流石にね。んじゃ……あー青前か！　ありゃ確かに出来のいいアクセだわ～」

「違えっつってんだろ、うるせえな」

自販機の前に着き、小銭を投入。

その手は、西島にはバレていないくらいわずかに、震えていた。

「アイツは陰キャでも相手にしてくれるから勘違いしちゃうよねぇ、分かる分かる。アタシは嫌いだけどアイツ。まぁいずれにせ、よっ！」

「あっ、おい！」

あろうことか西島は、俺がボタンを押すよりも早く、手のひらでテキトーにバンっと叩く。

そして舌を出して爆笑。

「クソ陰キャにゃ釣り合わねーって！　七草くらいにしときな～キャハハ！」

最低な台詞（せりふ）を吐き捨てながら、去っていった。

「…………」

ひとり残された俺。出てきた渋めの緑茶を握り締め、その場から動けずにいた。

思考の渦に、呑（の）まれていたからだ。

頭の中では先ほどの西島の台詞と、「違う違う違う」という抵抗が凌（せめ）ぎ合う。

だが、こうして思考を巡らされている時点で、問題なのではないだろうか。もしもそんな気が一切（いっさい）ないなら、西島の台詞なんて鼻で笑ってやれたのだから。

俺はカエラが好きだ。

もちろんその容姿も好みだが、魅力はそれだけでないと思っている。

誰に対しても優しく気さくな彼女は、出会ってからこの一学期の間、幾度となく俺の偏り(かたよ)かけた価値観を正してくれた。俺はハッキリと、カエラに救われた自覚があるのだ。

この恋心は純粋なはずだ。余計な感情は入っていないはずだ。

でもカエラと付き合うことで——優越感に浸ろうとする気持ちがないと、言い切れるのか。

いやまず純粋な恋心なんてあるのか。そもそも恋って何なのか。

マズい、どんどん沼にハマっている気がする。分からない、なにも分からない……！

助けて！　イマジナリー小森先生！

『すみません、色恋沙汰は専門外です』

役に立たねえな！

てかなにこの状況！　イマジナリー小森先生は本当にいたんだ！　帰ってください！

第二章 馬鈴薯のように青春しようぜ！

You-kya ni natta Ore no Seishun Shijo Shugi

一学期の最後でふたりの厄介者に絡(から)まれてしまったが、無事に終業式を終えてついに夏休みに突入。長かった。主に二者面談からが長かった。

夏休みも始まってしまえばこちらのもの。

西島(にしじま)なんぞによってもたらされた面倒な思考は机の引き出しに置き去りにして、蓋を開けた瞬間のサイダーのように湧(わ)き上がる期待と高揚感に身を任せる。

なにせ夏休みのスタートから、大イベントが待ち構えていた。

早朝五時半。

まだ駅員さんの姿くらいしか見られない駅の改札前。

あくびを噛(か)み殺(ころ)しながら待っていると、遥か彼方から声が近づいてくる。

「おーーーはーーーーーよーーーーーォザイマスッ」

「うおっ！」

最後尺がギュってなった挨拶(あいさつ)を駅構内にこだまさせながら、ギャルが駆け寄ってきた。勢いが止められず軽いタックルに発展するも、俺は腰の粘りでなんとか受け止める。

カエラは満面の笑みで、スマホ画面を俺に掲げて見せる。

「キョータ見て見て！」

「何？」

「五時半！　早すぎなんですけどウケる〜〜っ！」

時間という概念でツボっている人を初めて見た。

これが俺の好きな人である。

陽気という言葉に手足が生えて金髪に染めたみたいなギャルことカエラは、小躍りどころか大踊りと言うべき独特な動きで、そのテンションの高さを存分に示す。

「やばっアタシはしゃぎすぎじゃね⁉　朝五時のテンションじゃなくね⁉」

「大丈夫だ。俺も心の中ではそれくらいはしゃいでる」

「なら表に出してけ〜〜っ！　へいへいへ〜〜い」

リズムよく肩パンしてくるカエラの恰好は、キャミソールにショーパンにスニーカー、頭にはキャップと夏らしくギャルらしいコーデ。

そして肩には大きな大きなボストンバッグ。

「でけーバッグだな」

「こんぐらいになるっしょー。だって二億泊だよー？　二億泊三日だよー？」

「まぁギャルだし、それくらいにはなるか」

「へいへいギャル偏見〜。ギャルだから良いんですけど〜」

なぜ俺たちは朝の五時半に、二億泊分の荷物を持って集合したのか。

「いや〜楽しみすぎん⁉　みんなで初めての旅行！」

「ああ、くっそ楽しみだな」

夏休み最初にして最大のイベント、二泊三日の旅行が今日から始まるのだ。


事の発端はおよそ一ヶ月前。

昼休み、教室にていつものメンツでのランチタイム。

「ねーみんな！　夏休みにりょこバイトしん⁉」

突如としてカエラが、謎のお誘いをしてきた。

「良いね。ちょうど今年やろうと思ってたんだ」

「い、今ので分かったの橋汰くん……？」

「えへえへ、橋汰くんの理解力エグちっち……」

ギャルになりたいがあまり、カエラの口調まで移り始めた遊々。元々ギャル語だかなんだか分からない言語を操っていたが、ハイブリッドして余計に混沌としてきた。

「知ったかぶるんじゃないわよアホ。りょこバイトって何、カエラ」

「旅行しつつバイトってことじゃん！　じゃん！」

旅行とバイトが合体して、りょこバイト。なるほどコスパが良い。

「あーアレか。旅館とかの住み込みリゾートバイト的な？」

「そうそう！　そういうアレ！」

「おおお良いな！　旅館に泊まれるし金も稼げるなんて最高だろ！」

　夏休み前などによく広告として現れる、リゾートバイト。若い男女がイエーイっとしている写真からして陽キャオブ陽キャの匂いが漂い、去年までは異世界からの求人だと思っていた。

　しかしどうやら俺も、異世界へ渡る時が来たようだ。

「アタシの叔母さんが茨城で旅館やっててさ。旅館ってもそんな大きくないんだけど。そこで二泊三日、友達連れて働きに来いやって言われてんだー」

「カエラの身内のとこなのか。なら安心だな」

「突然六人もバイトに行っていいの？　しかも高校生のガキなのに」

「なんか旅館で働いてる人同士が結婚して、新婚旅行に行くから一気にふたり欠勤になるらしいんよ。しかもそのタイミングで部活の団体客が入ったみたいで、アタシらみたいなキャッツの手も借りたい状況なんだってさ。キャッツ！」

「なるほど。俺ら三人でようやくプロひとり分ってことか」

「ナメられたもんだな！　馬鈴薯のように働いて、とっとと仕事終わらせて遊び倒そうぜ！」

不意に、徒然（つれづれ）以外の全員の頭にハテナが浮かぶ。

真相へ真っ先に行き着いたのは、宇民（うたみ）だった。

「……もしかして、馬車馬って言いたいの？」

「ああなるほど、それだ」

「馬鈴薯ってなにー、うたみーん？」

「芋（いも）のことよ。芋まで働かなきゃいけないなんて、野菜界も世知辛（せちがら）い時代ね」

「ど、どこでどう間違えたんだろう……？」

「字面（じづら）で馬車馬と馬鈴薯を勘違いして覚えて、ここまで生きてきてしまったんだろうな」

「えへへえへ、悲しい事件だったね……」

「うるせーーー似たようなもんだろーーーーっ！」

「どこがだよ」

その後しばらく俺たちの間で、一生懸命頑張ることを意味する『馬鈴薯のように』という慣用句が流行（はや）ったのは言うまでもない。

「まぁ夏休みの最初くらいは、りょこバイトで息抜きしてもいいわよね。私も馬鈴薯のようにテスト勉強したんだから」

「馬鈴薯って言うのやめろ恥ずかしい！」

新語・流行語を見事に使いこなす宇民。流石に順応性が高い。徒然をバカにするニュアンスも含まれているのだから余計に洗練されている。

早朝に集合した俺たちは現在、電車に揺られて茨城は大洗に向かっている。

早朝とあって栃木から茨城へ向かう車内には、俺たち以外の乗客はほぼ見られない。

向かい合わせの四人用ボックス席へ男子組と女子組に分かれて座る。とはいえ通路を挟んで横並びなので、おおよそ六人全員で会話していた。

「カエラちゃん、旅館ってどんな感じだし……？」

「まー古き良き小さきって感じだね。キレーでデケーのを期待しちゃアカンよ」

「どっちかというと民宿って感じなんか？」

「あーそんな雰囲気だね！　でも海は近くて良いところだで！」

「おおお最高じゃねえか！　それだけで十分だろ！」

ここで龍虎がポロッと呟く。

「う、海なんて小学生以来だ……」

「私もそうね」

「えへへ、私は記憶にない……」

「えーーーそうなん⁉　アタシ毎年行ってるよー！」

「俺も去年行ったぞ！　海の家の焼きそば食わねえと夏始まらねえだろ！」

「……」

期せずして、陽キャと陰キャの境界線が露わになった瞬間であった。

「それよりお前ら、焼きそばってソース派？　塩派？」

「それよりじゃないわよ上田。あんたも最後にいつ海へ行ったのか言いなさい」

勘が良い宇民は、話を逸らそうとする俺を現行犯逮捕。

やはりお前も気づいたか、陰キャ陽キャラインが海水浴歴にあると。逃してはくれないか。

ていうかそんなこと気にしてる時点で陰キャなんだって、俺もお前も。

「母方の実家が千葉の海沿いでな。一昨年、妹の小凪と房総の海を堪能しましたけど？」

「グレーね」

「えへへえへ、黒に近いグレー……」

「どこがだよ！　杏仁豆腐くらい白いだろうが！」

「中華の話ー!?　アタシ酢豚好きーっ！」

陽キャ中の陽キャ、陽キャでありたい陰キャ、陽キャ憧れ絶対許さない陰キャ。

バラエティに富んだ陰陽混合六人組を乗せて、電車は海へ向かい走っていくのだった。

＊＊＊

大洗駅に着いたのは八時過ぎ。

電車からホームへ降り立つと、絵葉書を切り取ったような夏空が広がっていた。

駅のロータリーでは雇い主であるカエラの叔母・夏葉さんが待っていた。流石に親族一同、キラキラネームではないのだなと、どうでも良いことを思った。

もうすぐアラフォーの仲間入りだという夏葉さんは、健康的な肌の美人さん。ただ顔立ちは特別カエラと似ているようには見えない。

一方でその性格はというと、なるほどカエラの家系だなと納得させられた。

「いやー早朝からありがとね。カエラから聞いたと思うけどウチの料理人くんと仲居ちゃんがゴールインしてね。せっかくだから本格的な繁忙期に入る前に新婚旅行とか行っときなーって言ってたらドえらい団体客が入って。こりゃマズいってことでカエラにヘルプしたのよー」

夏葉さんは旅館の名前が印字されたバンを運転しながら、早口で止まることなくしゃべり続ける。その様子に俺たちは気圧されるが、助手席のカエラは慣れているらしい。難なく相槌を打っているその様は、まるで高速餅つきのようであった。

「はるばる栃木から来てくれたんだからゆっくりしてってねー、って言いたいところだけど、給与が発生する以上はそうもいかないからねぇ。旅館に着いたらさっさと働いてもらうよー。その代わり、まかないメシは美味しいから期待してなー」

と、その言葉の通り俺たちは、旅館に到着してすぐに部屋へと移動。荷物を置いて従業員用の作務衣（さむえ）に着替える。

今回お世話になる旅館は、カエラが言った通りこぢんまりとしているが、木造で風情のある建物だった。部屋にいても窓を開ければ潮風の香りがしてくる。

全一〇部屋のうち二部屋は、俺たちの男子部屋と女子部屋。残りはすべて、これからやってくる団体客で埋まっているという。

「旅館の雰囲気を感じながらお茶でも飲んでほっと一息、と言いたいところだけど」

「お、お客さんじゃなくて、バイトだからね僕たち……」

「俺は茶よりも仕事よりも海に行きてぇーっ！」

男どもは着替えが済むと、すぐにロビーに集合した。

なぜ五時半なんて早くから集合したのかといえば、午前中から仕事が詰め込まれているからだとか。高校生なので多少は容赦（ようしゃ）してくれるのかと思いきや、集合時間や先ほどの夏葉さんの口ぶりからして、そうもいかない気がしてきた。

「ヘイ、メーンズ！」

「えへえへ、めーんず……」

数分後、女子たちも着替えを終えてロビーへやってきた。

紺色の地味な男子の作務衣に対し、女子は桜色と華やかだ。けして色気のある恰好とは言えないが、新鮮な和装とあって「おぉー」と感心してしまう。

「どーよどーよ！　かわいーよねこのユニフォーム！」

「おー、三人とも似合ってるよ」

「えへへえへっ、橋汰くんも似合ってる。徒然くんと龍虎くんも」

しかし金髪の仲居とピンク髪の仲居って、何このギャル旅館。ひとりギャルじゃないけど。

よく雇ってくれましたね夏葉さんよ。

「ギャル仲居とゲーム実況仲居とキッザ○ア仲居だな」

よせば良いのに徒然は、女子三人を見てこんな感想を述べる。

的を射ているが、言わない方がいいこともある。

「あぁん⁉　最後なんつった小笠原ぁ⁉」

キッザ○ア仲居が突っかかる。この世にあるすべての煽りを許さないジメジメとしたイキリオタクっぷりは、夏真っ只中でも健在である。

「私を怒らせたら気を失ってる間にアバラ骨を全砕き……」

「**オラァガキどもォ！　ロビーで何くっちゃべってんだァ⁉**」

「ぴぃっ⁉」

宇民が思わず可愛い悲鳴をあげてしまうのも無理はない。

突如として飛んできた大声の主は、夏葉さん。旅館の若女将らしい着物姿になっているが、変身したのはそれだけでない。厳格な表情、突き刺すような眼光で俺たちの前に現れた。

「その作務衣を着た時点でお前らはウチの従業員だ！　その恰好で腑抜けた態度を取ってたら承知しねぇぞ！」

豹変ぶりに気圧されつつも、心の中ではそりゃそうだと納得。

つまりここからはカエラの叔母としてでなく旅館の若女将として、俺たち従業員に接するということ。俺たちはお給金をいただく以上、プロとして振る舞わなければいけない。働くというのはそういうことだ。

とはいえ、そんな順応性が高い奴らばかりではない。

「「ぴぃ……」」

遊々と宇民と龍虎は、いつの間にか俺の背中に隠れていた。この体育会系の空気には慣れていないのだろう。まぁ三人とも女の子だし仕方ないか。

「ひぃ……橋汰くん……」

しかし三人分の体積を収容できるほど俺の背中は広くない。ゆえに俺の背後の空間はぎゅうぎゅう詰めになっていた。

そのせいか、相変わらず距離感がバグっている遊々のおっぱいが、凄まじい勢いで背中に押し付けられている。たぶんいま遊々のおっぱい、俺の背中でハンペンみたいに平べったくなっている。

なんというか、夏葉さんサンキューです。

「ふしゅぅぅぅぅ……っ！」

あ、ヤバい！　右サイドの宇民から俺の耳に嫉妬の息吹が！

ＡＳＭＲみたいになってる！　嫉妬ＡＳＭＲだこれ！

「ざーこざーこ♪」

え、ウソでしょ⁉　左耳から龍虎のメスガキまで！　それはマジでなんでだ⁉

嫉妬とメスガキのコラボＡＳＭＲ⁉　こんなサービスあっていいんですか⁉

こんなん脳とろけちゃうって！　耳から脳汁出ちゃうって！

「おらラブコメしてんじゃねえ！　散れ散れ！」

夏葉さんはまるで羊を追い立てる牧羊犬のように、俺の背中の女子三人を散らせた。

「言っておくが従業員でいる間は、ラブコメすんのも厳禁だからなオラァ！」

「……え？」

「ひと夏の思い出に、リゾートバイトでイチャコラなんて甘い考えは捨てろォ！　ラブコメは見つけ次第シバく！」

ちょっと夏葉さん？　それは聞いてませんよ？

こちとらカエラとバチバチにラブコメしに大洗まで来たんですけど？

俺の困惑など知りもしない夏葉さんは、加えて釘を刺す。

「ちなみに今日の夕方ごろからお越しの団体様は、女子の部活の合宿でいらっしゃる。生徒も顧問も全員女性だ。分かるな男ども？」

俺と徒然は顔を見合わせて首を傾(かし)げる。すると夏葉さんは、一際(ひときわ)ドスのきいた声で一言。

「女性のお客様に少しでも近づこうもんなら……去勢させるからな？」

「「ひぃぃぃ！」」

目がマジである。俺と徒然は抱きしめ合って震え上がった。

「あのぉ……」

おずおずと手をあげたのは、龍虎だ。

「ん、なんだ？　というかなんであんたは男性用の作務衣着てんの？」

「ぼ、僕も男なんですけど……」

情報を処理する時間が必要だったのだろう。夏葉さんは龍虎を見つめたまま数秒間停止。

その表情は、真剣そのもの。

「男の娘ってホントにいるんだ」

意外と俗な言葉を知っている夏葉さんであった。

＊＊＊

何はともあれ、旅館の従業員として行動開始。

俺たちはふたりひと組に分かれ、夏葉さんから仕事を割り振られる。

徒然と龍虎はロビーや庭の掃除。俺と遊々、カエラと宇民は客室の掃除へ向かった。

「旅館は客室の清潔さが一番大事らしいからな。しっかりやろう」

「えへえへ、うん」

「ホコリひとつでも残ってたら、夏葉さんにドヤされそうだしな」

「えへええへ、怖いね」

怯えていた頃とは一変、遊々は愉快そうに畳を拭き掃除している。

友達との遠出が楽しいのか、俺とふたりきりで嬉しいのか、止まらないえへえへ。不意に顔を向けると、そのたびに遊々も顔を上げ、にへっと笑っていた。

「遊々ってさ」

「うん」

「完全に犬だよな」

「えっ」

それには流石の遊々も、笑顔から真顔へ。思いがけない台詞だったらしい。

「いぬ？」

「うん」

「どの辺が？」

「総合的に」

「総合的……えへぇへ。総合的に犬……」

悪い気はしていないらしい。

「橋汰くんは……犬派？　猫派？」

またこの子はそんな、遠回りなようでストレートな質問を。

「どちらかというと、ね……」

「…………………」

「……犬派かな」

「えへへえへえへっ！」

もしも本当に遊々が犬なら、きっと今は尻尾をブオンブオンと振っていることだろう。それほど分かりやすい反応を見せていた。

俺は遊々と出会ったばかりの頃、彼女をやんわりと振った経験がある。

その頃から俺は、カエラが好きだと自覚していたから。

ただ遊々は俺のそんな意図には気づかず、結果として今でもこうして友達としての関係は続いている。ある意味で結果オーライだ。

しかし今では、俺はこのように『やんわり振る』ということさえできなくなっている。

なぜなら、遊々が可愛くなってしまっているから。

誤解を招く言い方だが、これは本心だ。

そこに恋愛感情めいたものはないと思う。外見的な可愛さということでもない。

例えば妹の小凪に対する感情とか、それこそ犬ちゃんに対する感情に近い。後者はだいぶ失礼だが、正直な気持ちなので許してほしい。

たまに、他人事のように思うことがある。

俺と遊々は、一体どんな終着点に行き着くんだろう。

どう思いますか、イマジナリー小森先生。

『それは今後の上田くんの行動次第かと』

やっぱりそうですよね。

てか普通に会話してるの怖っ。旅行にもついてきやがった。

「きょ、橋汰くん……憶えてる？」

遊々がおずおずと尋ねてくる。

「あのプレゼンの後に、話したこと……私がどうなりたいか悩んだら……」

「俺が一緒に考えるってやつだろ？　もちろん憶えてるよ」

「えへへへ」

二者面談でも話したことだ。

陽キャ陰キャをただの区別でなく、ひとつの個性として捉える。カテゴライズを再構築し、自分に適したスタンスへと昇華する。

それこそが自由な生き方だと、俺はプレゼンにて結論づけた。

そして遊々は、そのスタンスを模索している最中なのだ。

「どうなりたいとか、思いついたのか？」

「まだハッキリとは……でもね、漠然と思ってることはある」

遊々は緊張した面持ちで、あっち行ったりこっち行ったりする視線を一点に定める。

その先に、俺がいる。

「橋汰くんみたいに、なりたいし……」

「俺みたいに？」

「うん……心は陰キャでもいいんだ。友達とか、そんなに多くなくていいし……オタク趣味も楽しいし……お出かけするのも好きだけど、やっぱり家にいるのが落ち着くし……」

「ホントそうだよな。なんであんなに家って落ち着くんだろうな」

「えへへへ……学校のトイレに入ると、いつも家のトイレを思い浮かべちゃう……」

「めっっっっちゃ分かる。あの現象なんだろうな。名前つけたいよな」

それだけ家のトイレは、完全無欠のパーソナルスペースとして完成しているのだろう。家の中でさえ、誰からも侵されない領域だしな。いやそんな話はどうでも良くて。

「でも見た目とか振る舞いまで陰キャっぽいのは、私はやっぱり、恥ずかしいし……」

「あー……」

かつて遊々を苦しめたのは、まさにそこだった。

髪を染めてコンタクトにして口調も変えて、陽キャなギャルになったつもりだった。しかし、みんなで遊んでいる時の動画に映った自分は、挙動不審で話し方も笑い方も変で、理想とはかけ離れていた。そのギャップが仇となったのだ。

「橋汰くんは今のままでも魅力的だって言ってくれて、それもすごく嬉しかったんだけど……でもやっぱり、自分に誇れる自分になりたいなって……」

「なるほど、そうか。そうだよなぁ」

遊々のフラフラした挙動やヘニャヘニャした話し方は、俺からすれば可愛く感じる。でも本人はそこにコンプレックスがある。なのに俺の好みで「そのままでいい」なんて言うのは傲慢ではないだろうか。

ですよね、イマジナリー小森先生。

『変わりたいという気持ちは、誰にも止められませんからね』

小森先生のわりに良いことを言う。イマジナリーの方が有能なのではないだろうか。

『おっと、すみません。私としたことが、良いことを言ってしまいました』

イマジナリーだから別にいいんじゃないですかね。

「なら俺も、遊々が陽キャっぽくなれるようサポートするよ」

「えへえへ、ありがとう……」

「ただ……それにあたってひとつお願いがある」

「な、なに……？」

「えへえへ笑いだけは、変わらないでくれ。頼む」

「えへえへえへっ！　し、仕方ないなぁ！」

遊々はモジモジしながら、どちらかというと嬉しそうに了承するのだった。

客室を隅から隅まで磨き上げ、二十分ほどかけて一室の掃除は完了した。

それをカエラ宇民組と四部屋ずつ分担している。ゆえにまだまだ遊々との時間は続く。

そこで早速、遊々の『ファッション陽キャ化計画』について話し合う。

「橋汰くんはどうやって、陽キャっぽい振る舞いを身につけたの？」

「んー、立ち姿とか所作に関しては、ロールモデルがいたからなぁ」

高校での陽キャデビューに際し、俺は中学時代の同級生である中林（なかばやし）という男を参考にした。

面倒くさい陰キャだった俺にさえ接してきた、唯一無二の陽キャだ。

「ロールモデル……誰かのマネをしたってこと？」

「うん。遊々も立ち振る舞いは、誰かをよく観察して模倣した方がいいかもな」

「きょ、橋汰くんとか……？」

「いや、流石に男の俺をマネしたらおかしなことになるだろ」

そこで遊々は、ハッと何か閃いたような顔をする。

「じゃ、じゃあカエラちゃん。カエラちゃんをマネしたら私もギャルに……」

「遊々……俺はお前にひとつ、大切なことを教えなければならない」

「え……なに？」

言おうか言うまいか、ずっと迷っていたことがある。ついに、伝える時が来てしまった。

俺は極めて真摯な表情で告げる。

「お前はギャルに向いていない」

「ひんっ……！」

遊々は脳天に雷が落ちたような反応。ポトリと雑巾を落とした。

「ギャルって、向き不向きが……？」

「ある。ギャルは才能だ」

「ギャルは、才能……っ！」

努力は必ず報われる。いい言葉だが、正しくはない。

この世には努力ではけして成れないものがある。そのひとつがギャルなのだ。

あまりに衝撃的だったか、遊々は涙目で声を震わせる。

「で、でも、でもっ……橋汰くん、り、りり……」

「りり……あぁ」

そういえばと、思い出す。

遊々がピンク髪になった最たる理由は、俺が漫画『パン恋』の李々音（りりね）というキャラが好きだと言ったから。ギャルである李々音をマネして、今の遊々は形成されたのだ。

なのにギャルは向いてないと言われれば、そりゃ膝（ひざ）もガクガクするだろう。

「えーっと……ほら、自分の向き不向きを理解した上でアイデンティティを確立してる女の子って魅力的じゃん。パン恋の李々音みたいにさ」

「……李々音みたいに？」

「そうそう、李々音みたいに」

「……えへへえへ、そっか。じゃあ私、ギャルやめる……」

公示。本日より遊々は、ギャルではなくなりました。

遊々は窓をゴシゴシと拭きながら、「うーんうーん」と唸（うな）る。

「でもじゃあ、誰の立ち振る舞いをマネすれば……うたみんとか……？」

「あ、そうだ。夏葉さんとかいいんじゃね」

鬼軍曹のような顔を見せた夏葉さんだが、旅館の若女将とあってひとつひとつの所作は美しい。カエラのヘンテコな動きや宇民のちょこまかとしたイキリムーブをマネするよりは、ずっといいお手本になるだろう。

「確かに……じゃあ旅行中、夏葉さんを目で追ってみるし！」

「うん、それがいい」

続いて、ファッション陽キャな話し方講座。

「俺は自分のしゃべりを録音して検証してたなー。お店で店員さんと話す時とかに、こっそり録っておいてさ」

「な、なるほど……勉強になる」

「せっかくだからこの掃除の間も録音しておけば良かったな」

ファッション陽キャ化計画について話しながら作業していたら、あっという間に掃除は進み、もう四室目に入っていた。この部屋でひとまず終わりだ。

「えへぇへ……残念」

「ああ、でも今できる訓練もあるぞ。表情筋を鍛えるんだ」

「表情筋……？」

「口をこうやって動かして顔の筋トレをすると、滑舌（かつぜつ）が良くなるんだよ」

「こ、こう……？」

遊々は俺をマネて口を「あうあう」とやっているが、頬（ほお）の筋肉が固いのか動きが小さい。

「もっとだよ。もっとここの筋肉を意識するんだ」

「ひょっ……こ、こう……？」

「もっと！　頬の筋肉の声を聞け！」

「筋肉の、声……ひんっ！」

「まだだ、まだやれるはずだ！」

「あ、あのっ……きょ、橋汰くんっ……は、恥ずかしい……っ！」

「え……うわわっ！　ごめん！」

指導に集中するあまり、俺は遊々の頬に思いきり両手で触れていた。それどころか顔までもグッと近づけてしまっていた。

遊々の真っ赤になった顔を見て、俺は自身の失態を自覚していく。

遊々が恥ずかしがるのも無理はない。あの状況では、まるで……。

「えへえへ、キスされちゃうのかと思った……」

そうだけど、なんで言っちゃうかな！　余計に恥ずかしくなるでしょが！

距離感だけでなく、口に出すか心に留めるかのボーダーもバグっちゃってるよ、この子。

「…………」

「え、えへ……」

ほらもう、妙な空気になってしまったじゃないか。

遊々とこういう雰囲気になると、どうしてかむず痒くなってしまう。

恥ずかしさと、罪悪感。それらが心をくすぐるようで、いてもたってもいられなくなる。

「あ、あのっ……」

「ここだ！　動くな！」

「えっ」

その時、突如として宇民と夏葉さんがカチ込んできた。

「親方！　ここからラブコメの匂いが！」

「お前らラブコメやったんか！　吐けこの野郎！」

ヤバいラブコメ警察だ！　現地の自警団と手を組んできやがった！

「えへぇへ……見に覚えありませんねぇ」

「白々しいわよ遊々！」

「なら証拠を見せてくださいよ……私たちがラブコメやったっていう証拠を……」

「このピンク髪、小癪(こしゃく)な……！」

どういう状況なんだこれは。

ラブコメ絶対許さない若女将の名は、伊達(だて)ではないらしい。

果たして俺はこの旅行の中で、ラブコメを押し通すことはできるのか。タフな戦いになりそうである。

いやだから、ラブコメの匂いって何？

＊＊＊

たかが掃除、されど掃除。自分の部屋をキレイにするのとはわけが違う。

慣れない旅館の客室掃除を終えた頃には、俺と遊々、カエラと宇民はくたびれていた。

ロビーや庭の掃除をしていた徒然と龍虎も、お疲れの様子だ。体力お化けの徒然でさえ、顔がシナシナに萎みきっている。どれほど過酷な業務だったのか。

「橋汰、俺死んじゃうよ……？　今ここで死んじゃうよ……？」

「だ、大丈夫か……？」

「空腹で死んじゃうからね……？」

「腹減っただけかい」

なんで語尾がメンヘラっぽいんだよ。

「でも確かに、はらへーですわぁ……」

「えへへへ、はらへー状態……」

「働いたから余計にね」

時刻は十二時過ぎ。

最後に腹に入れたのは、電車内で食べたおにぎりくらい。徒然がシナシナになるのも当然だ。

と、そんな俺たちの腹の状態を予測していたか。夏葉さんは俺たちを従業員用の一室に押し込んだ。その光景に、俺たちは目を輝かせる。

「おおおお刺身！　煮付け！」

「このフライはまさかっ……カキィィィっ⁉」

「うーわ！　みそ汁ちょーぜつ美味しそーっ！」

海の幸がこれでもかと並んだ食卓。口の中で一気によだれが湧いてきた。

「魚食えねぇヤツァいるかァ？　いたらカレー用意してやるぞオラァ！」

「魚食えるけどカレーも食いたいっす！」

「食い意地張ったキノコ野郎だなァ⁉　許すッ！」

俺たちが吸い込まれるように席につくと、夏葉さんは豪快に一言。

「よっしゃ！　好きだなけ喰らえッ！」

「「いただきまぁぁすッ！」」

それを合図に俺たちは、無我夢中で大洗の海鮮料理にがっつく。

「うまいうまい！　お魚ちょーぜつうまぁーい！」

「なんだこの刺身……噛み締めるほどに旨味が広がるッ！　泳いでいた頃のマグロの勇姿が、頭に浮かぶようだッ！」

「橋汰ッ、煮魚やべえぞ！　魚の味が全然負けてねぇ！　敗北を知らねえ味だ！」

「えへぇへっ、カキフライおいしいね、うたみん」

「クリーミーで最高ね……これだけで働いた甲斐（かい）があるわ」

「みそ汁おいしい……出汁（だし）の味が強くて……」

「ったりめぇだろ全部地のもんだぞ！　ドカドカ食って午後も働き倒せ野郎ども！　ちなみに晩飯はあんこうだ！　楽しみにしとけ！」

「「うおおおおおおおおッ！」」

夏葉さんの圧に怯えていた俺たちだったが、ここで完全に胃袋を掴（つか）まれる。

結果、身も心も虜（とりこ）になってしまうのであった。


最高の昼食を終え、俺たちは気力満タンで午後の業務へ向かう。

今度は遊々カエラ組が夏葉さんと共に、団体客用の夕食の下ごしらえ。

そして俺と宇民組、徒然と龍虎組が大浴場の清掃をすることに。俺たちは女湯へ、徒然たちは男湯へ向かう。その別れ際、徒然はニヤニヤとしていた。

「良かったなぁ橋汰。女湯に入れる機会なんてなかなかないぞ」

「中身空っぽじゃ何も思わねえわ」

「本当か？　嗅（か）ぐなよ？」

「何をだよ」

「空気をだよ」

「バカ言ってないでさっさと行くわよ」

「じゃ、じゃあね橋汰くん、宇民さん……」

無意味なくだりを終えて、改めて大浴場へ。

脱衣所や洗面台など掃除すべき場所は山ほどあるが、やはりまずは旅館の花形・大浴場へ。

俺と宇民はデッキブラシを手に、床のタイルをガシガシと磨く。

「大浴場って言っても、町の銭湯くらいの大きさだな」

「そうね」

「宇民は銭湯とか行ったりする？」

「いや別に」

「そーなん。たまにはデカい風呂に入りたくね？」

「銭湯って地味に高いし」

「……ふむ」

どことなく感じ取っていたが、昼食前から宇民のノリが悪い。

愛想がいいわけじゃない宇民だが、普段はもう少し生産性のあるリターンを返してくれる。

なのにいまの宇民は、どこか冷淡だ。

昼食の時は、遊々と楽しそうに会話していた。カエラや龍虎とも、昼食前後でやりとりをしていた。徒然に対しても、記憶を失いかけて震え上がらせていた。

なんだか俺にだけ冷たい気がする。もしそうなら悲しい話だ。身に覚えがないから余計に。

なぜだと思いますか、イマジナリー小森先生。

『お腹いっぱいで眠たいんじゃないですか？』

なるほど。俺にだけ冷たいように見えているだけ、ということですか。

確かに、自意識過剰すぎたかもしれないですね。

『世界って意外とシンプルなのですよ』

ためになるなぁ、イマジナリー小森先生の言葉は。

そうと分かれば、ここはシンプルにアプローチしてみよう。

「宇民、眠い？」

「はぁ？」

「いや口数が少ないから」

「バカにしてんのか」

おい違ったじゃねえか。出てこいイマジナリー小森先生。

「じゃあなんで俺に冷たくするんだよ。せっかくの旅行なのに悲しいじゃんか。俺のこと嫌いでもせめて旅行中は優しくしてくれよ。泣くぞ」

「べ、別に嫌いじゃないわよ……何そのキャラ鬱陶しい……」

変に遠回りするよりこれくらいストレートに言った方が、宇民に対しては良いだろう。

すると宇民は、ボソボソと何か呟く。

「さ、さっき遊々と……」

「うん？　なんて？」

「さっき遊々と、本当に何もしてないんでしょうね！」

「えぇ……あぁ、あれのことか」

先ほど夏葉さんと共に家宅捜索に押しかけてきたラブコメ警察こと宇民。

まだその件で引っかかっていたらしい。

「何もないって。てかあそこで一体何が起きるんだよ」

「ゆ、遊々だって、なんか顔赤くしてたし……」

「見間違いだろ」

「それに、匂いが……」

「だからそれなんなの。どんな匂いなのかだけ教えてよ」

宇民は頬を膨らませたかと思ったら、悲しそうな複雑そうな顔をしたり。いつも強気な宇民にそんな顔をされると、どうにも弱い。

もっとイキれよ。そしたらこっちも強めに返せるのに。

「はぁ……分かったよ。本当のことを話すよ」

観念して俺は、先ほどの遊々との一連の流れを懇切丁寧に説明することに。

しかしその時、宇民は「えっ……」と不安そうに胸を押さえる。が、すぐさま覚悟を決めたような強い瞳で俺を見つめ、小さく頷いていた。

なんだよ、その表情。

「なんだ、要はあんたが遊々にセクハラしただけか」

ラブコメの匂いの素を解説してやると、宇民はどこか安心した表情を浮かべたのち、悪戯っぽい笑顔でこう言った。

「……まぁ、否定はできない」

「訴えられても知らないよー」

宇民はまるでカーリングをするように小気味よくタイルを磨く。皮肉はキツめだがひとまず機嫌が直ったようでよかった。

「でも、そうか。ファッション陽キャ化計画ねぇ」

「本人は真剣だよ。今あいつは夏葉さんと行動を共にしてるから、絶賛観察中だろうな」

夏葉さんと共に夕食の仕込み中である遊々。ジロジロ見すぎてキレられてなければいいが。

「遊々はあんたのことだいぶ買い被ってるからねぇ。そんな上等なもんでもないでしょーに。こんなツギハギだらけの陽キャの皮を被った陰キャ」

「お前やっぱり俺のこと嫌いだろ」

「さーどうかしらねー」

うん。やっぱり宇民はこれくらいキレキレにディスってくる方が、俺も楽だな。

「宇民は興味ないのか。ファッション陽キャ化には」

この問いに宇民は、露骨に否定的な表情だ。

「えー、遊々には悪いけど全然興味ない。面倒くさいじゃん陽キャって」

「そういや前に言ってたな、それ」

宇民は典型的な、陰キャな個性を肯定的に捉えているタイプだ。

「でも宇民って自己肯定感は低めだろ、たぶん」

「は？　なんでそう思うのよ」

「他人に攻撃的だし、自分を追い詰めるし。春頃と比べたらだいぶマシになったけど」

入学したての宇民は、遊々以外のクラスメイトとは一切口を利かなかった。話しかけられてもイガイガとした反応で周りを寄せ付けなかった。

俺たちとは旅行するくらいには打ち解けたが、クラス全員とも、というわけではない。

「…………」

「お、怒るなよ？　俺も同類だったからさ……」

「分かってるわよ……うるさいわね」

「…………」

しまった。話題を間違えてしまった。

昼飯うまかったなとか、海に行きたいなとか、ポジティブな話のネタはいくらでもあった。なのになぜこんな爽やかな潮風香る土地で、自己肯定感をテーマに会話しているのか。

宇民は中学時代の俺とソックリなのだ。

排他的で、そんな自分が嫌いで、でもうまく直せなくて。

そんな事情から俺は宇民に対して、遊々とはまた違う老婆心めいた感情を湧かせてしまう。

でももし宇民が今の自分に満足しているのなら、余計なお世話だよな。

それが彼女にとっての自由な生き方なら、なおさら。

ここは無理やりにでも、話題を変えよう。

「そういや、昼飯すごかった……」

「上田」

デッキブラシに両手と顎を乗せて、こちらを見上げる宇民。その視線だけで分かる。

話題を変えてくれるなと、訴えかけている。

「わ、私にもさ……なんかちょうだいよ」

「え、なんかって……」

「遊々にしたみたいな……アドバイス的な？」

そう言う宇民の顔は真っ赤。表情も硬い。無理やり言葉を捻り出したかのよう。恥ずかしそうにも取れるし、悔しそうにも取れる。

それが、一体どういう心境からの言葉なのかは分からない。

ただ、茶化さず真摯に答えなければいけない気がした。

「そうだな……怒りの沸点を上げられたら、とは思う」

宇民はとにかくキレやすい。気に入らないことがあると誰彼(だれかれ)構わず噛みつく。

そしてキレたら手は出さないまでも、すごいイキる。そしてウソをつく。

これさえなければ宇民は、ストレートに物事を言うくらいの印象に落ち着くだろう。

「あぁ……そうね、そうよね……」

宇民自身も自覚があるようだ。ポツポツと語る。

「ムカつくことを言われると、すかさず頭に血が昇っちゃうのよね。怒りのゲージが一気に振り切れる、みたいにさ」

「あー、そういうタイプか」

「確かに、すぐキレる癖(くせ)は直したいかも」

「うん」

「ついでに記憶がなくなってボコボコにしちゃう癖も直したい」

その癖はたぶん存在しないから、安心していいと思う。

後半のはただの妄想だが、前半の悩みは死活問題だろう。いつか社会に出ることを考えたら余計に。となれば今すぐにでもどうにかしたいはずだ。

そこで俺は宇民に、『イキらない化計画』の実行を勧めた。

「キレない・イキらない・記憶なくさない。この三箇条を意識しよう」

最後のは別にいらないが、二つだけだと寂しいので賑やかしで入れた。

「なるほど……ちゃんと頭で意識するのは大事だもんね。特に三つ目」

「できるか？　無理しなくてもいいぞ。特に三つ目は、無意識で起こる事象だろ？」

「いや、やるわ。私だって嫌だもん。このままじゃ大事な記憶も失っちゃいそうだから」

「悲しいな……凶暴性と引き換えにみんなとの思い出も消えるなんて」

「仕方ないと思ってた。それが私の運命だから……でも私、変わりたい！」

「何言ってんだお前さっきから」

「ブチ殺すわよクソが」

もうキレちゃったよ。

何はともあれ宇民による『イキらない計画』は幕を開けた。

この二泊三日の旅行内において、キレるイキるなどのイガイガ行為は厳禁。

「一番の懸念は徒然の存在だろうな」

「ホントね。今のうちに海に沈めておこうかしら」

「キレるイキる以前の問題だから、それ」

「大丈夫、ニコニコしながらやるから」

「笑っててもダメだからな？　キレなきゃ何してもいいわけじゃないからな？」

ケタケタと笑う宇民。イキリ由来のブラックジョークは本日もキレキレである。

ただ、なんだか軽いノリで挑戦しているようなので、ひとつ枷をかけておこう。

「ちなみにキレたりイキったら、罰としてカエラか遊々にデレろよ」

「はぁ⁉　な、なんで罰なんか……」

「当然だろ。罰がなきゃ訓練にならない」

「だからってそんな、デレるなんて……」

宇民は顔を赤らめ、絶妙に嫌そうな顔をする。

我ながら、ちょうどいい罰だと自負している。しかもてぇてぇが見られるから一石二鳥だ。

「大丈夫。あのふたりなら多少デレても『うたみんってば旅行だから素直になってるのかなーかわいー』くらいにしか思わんだろ」

「そう思われるのが一番イヤなんだけど……」

「イヤならカエラと遊々じゃなくて、俺と徒然でもいいけど」

「やるわよ！　キレなきゃいいんでしょキレなきゃ！」

正式決定。もし宇民がこの旅行内でキレたりイキったりしたら、カエラか遊々にデレます。

これは愉快な二泊三日になりそうである。

罰には納得したようだが、宇民は俯（うつむ）いたまま何やら呟く。

「そ、そ、そ……」

「そ？」

「そ、その代わり……」

顔を上げた宇民は、意を決したように告げる。

「もし一回もキレたりイキったりしなかったら……な、夏祭り、一緒に行ってよ……」

「夏祭り？」

聞けば夏休みの間に、宇民の地元の方で毎年大きな夏祭りがあるらしい。

ただその誘い方ではまるで……いやきっと、ふたりきりで行きたい、とのことだろう。

「っ………」

俺の知っている宇民ならここで、「地元の奴らに彼氏がいるって言っちゃったから」だとか「カップルでしか買えない出店があるから」と、下手（へた）なウソを並べて正当化する。

むしろそうしてくれた方が、俺もごまかせた。互いにごまかし合えた。

しかし今、宇民は無言で、緊張の面持ちで俺を見上げている。

これはれっきとした、とてもストレートで誠実な、デートの誘いだ。

「………」

俺はカエラが好きだ。そこに迷いはない。

だからここは、できるだけ宇民を傷つけないように、やんわり断るべきだ。みんなで行こうとか言って。実際今の脳のリソースは、大半が言葉選びに割かれている。

しかし、それを阻害する強力なノイズ。

『俺は——李々音が好きだなぁ』

『……え』

春先、やんわりと遊々を振った瞬間の、あの切ない表情。

脳裏にこびりついたそれが脳内で明滅するたびに、胸を締め付けられる。

それが耐えられなくて、俺はつい——。

「……うん、いいよ」

優しいようで優しくない選択をしてしまった。

「い、いいの？」

「……ああ、いいじゃん。夏っぽくて」

「そ、そうなのよ！　ウチの地元の夏祭りは気合いが入ってて……す、すごいのよ！」

「へぇ、楽しみだ」

「へ、へへ……」

安堵(あんど)と喜びが混ぜ合わされ、湧き上がった感情は宇民の顔を緩ませる。こんなに柔らかくて可愛いらしい表情は見たことがない。

それが余計に、良心を刺激する。罪悪感が自己嫌悪へと直結する。

「………」

なぜ俺は、期待を持たせるようなことしたのか。

俺はたぶん、宇民に好意を持たれている。ずっと気づいていたことだ。

自惚れならそれで良かったが、この誘いで限りなく真実に近づいてしまった。

遊々をやんわりと振った時、こんな思いは二度としたくないと思った。

そのせいで、とっさに俺はこの誘いを断れなかった。だがいずれは振らなければいけない時が来る。つまり俺はただ先延ばしにしただけだ。少し考えれば分かることだった。

なのに、俺は何をしているんだ。

子供のように無邪気に笑う宇民を見つめながら俺は、この宇民の挑戦、失敗に終わってくれなんて最低なことを願ってしまうのだった——。

「……コォォォ?」

その時だ。脱衣所の方から微かに、戸惑いを孕んだ嫉妬の息吹が聞こえてきた。

遊々と夏葉さんが、ドタドタと大浴場へ入ってきた。

「お、親方ぁ、ほんのり香ります……」

「ああ、これは……素材の甘さを生かした優しいラブコメの匂いだ！」

そんなバラエティ豊かなフレーバーなの、ラブコメって。

とはいえ絶妙に的を射ている匂いの表現に、俺と宇民はドギマギ。遊々はそんな俺らの周りをウロウロと歩いては首を傾げる。

「橋汰くん、うたみん……これは一体、どんな匂い……？」

「こっちが聞きてえよ。せめて確信を持って乱入してこいや」

「ひとんちの大浴場で、繊細かつふわふわした匂いを発するんじゃないよ」

「知りませんって！」

夏葉さんは何なの？　ラブコメの匂いソムリエなの？

「おいどうしたどうしたー！　橋汰が脱衣所にあったブラジャーでも食ったかー!?」

「そ、そんな大事件が……？」

さらには騒ぎを聞きつけた徒然と龍虎まで、女湯へ駆け込んできた。

「思いつきで気持ち悪い容疑をかけるな」

「なんでもないわよ。男湯に帰りなさい」

「なんだと宇民！　俺を仲間外れにするな！」

何をもってこの状況を仲間外れと捉えるのか。キノコ頭の思考は分からない。

「さては橋汰！　お前女湯だからって欲情しやがったな！　大浴場だけに！」

うわ、つまんなっ。と、俺が言うよりも早く、宇民が脊髄反射的にまくし立てる。

「あーもうクソつまらないわねクソキノコ！　そんな誰でも思いつくようなクソ寒いダジャレ

言う口、五寸釘を針にして縫い合わせて……あっ」

不意に宇民が、俺の顔を見て停止。そうして徐々に、顔を青ざめさせていく。

うん、キレちゃったね。

「やべえ宇民がキレた！　龍虎逃げるぞ！　記憶がなくなるまで殴られる！」

「そ、そんな目に遭うの……？」

「記憶がなくなるのは向こうだけどな！」

「え、なんで……？」

「どうやら問題はないようだ。邪魔したねふたりとも。ほらピンク髪、持ち場に戻るよ」

「えへえへ……橋汰くん、うたみん、じゃあね」

ドヤドヤと女湯から去っていく面々。マジで何しにきたんだ。

彼らを見送る宇民の顔は、完全に生気が失われている。目の焦点が合わない。というかどこが目なのか分からない。大失敗した福笑いのような顔面になっている。

「よぁえゆ……」

なんかよく分からないことを言っている。

「宇民……あと二回キレたら失敗、とかにする？」

「………ぅぃ」

たぶん了承した。

＊＊＊

大浴場の床と浴槽をピカピカに磨き、脱衣所はホコリひとつ水滴ひと粒残さず。終わった頃には俺も宇民もクタクタだった。料理の下ごしらえ担当の遊々とカエラもまた疲労困憊。龍虎、そして徒然ですら疲労の色を隠せていなかった。

まだまだ明るい午後四時前。しかし俺たち六人の肉体はもう営業終了していた。

「だぁ〜〜もう動けねぇ……」

ロビーの椅子(いす)に腰をかけたらもう俺は、立ち上がる気力すらなくなった。

徒然と龍虎は床に座り込み、女子三人はソファでくっつき合っていた。

「やべーい、もうなんもしたくなぁい！　このまま三人で溶け合ってバターになりたぁい！」

「何そのホラー展開……すごくイヤ……」

「えへえへ……バッドエンド……」

「オラァなにロビーでダラけてんだガキども！」

そこへやってきたのは夏葉さん。俺たちと同じくらい動き回ったり仕事しているはずだが、まだシャキシャキとしている。流石はプロだ。

「ロビーでオラオラ系を出す若女将もどうかと……」

「まだお客様は到着してないんだからいいんだよ」

「夏葉ちゃ、流石にもうお仕事ないよねぇ……？」

「なに言ってんの。お客様が到着してからも、いろいろやってもらうよ」

その言葉に俺たちは、一斉に悲嘆の声を上げ、より身体をトロけさせていく。

本当にもう、バターになりそうな勢いである。

「でも到着するまではまだ時間あるからね。今の時間は休憩してていいよ」

「うへ〜、助かっち〜」

「自分らの部屋で休むか、この辺テキトーにブラつくか、自由にしたらいい」

「いやもう……出歩く体力はありませんって……」

「あーそう。せっかく穴場の海水浴場を教えてあげようと思ったのに」

直後、六人はピクッと反応。夏葉さんは続ける。

「観光客は絶対に知らない、いい入り江が近くにあってね。この時間じゃもう地元の子供たちも帰ってるだろう。今日は波も穏やかだし、さぞかし良い気持ちだろうけどねぇ」

気づけばみんな、目が爛々（らんらん）と輝いていた。

夏葉さんはそんな俺たちにニヒルな笑みを見せつつ、最後に問う。

「まーでも、そんなに疲れてるんじゃ……教える必要はないかー？」

「「「教えてくださいっ！」」」

バターになりかけていた全員が、その瞬間に立ち上がった。

天気は快晴。最高気温は三十度。

絶好の海水浴日和。やってきたのは俺たちの他に誰ひとりいない、青い海と白い砂浜。

最高のロケーション、最高の仲間たち。叫ばずにはいられない。

「「「海だーーーーーーーーっっ！」」」

入り江に足を踏み入れた瞬間、俺たち六人は海めがけて走り出していた。

「おいおいなんだここ世界遺産か⁉　海キレイすぎるだろカエラ！」

「アタシも初めてきたんですがーーーっ！　ちょーー脱ぐの早すぎ変態かよ徒然！」

「とにかく焼きてーんだ俺は！　変態でイッコーに構わんよな龍虎！」

「い、いや変態はイヤだけど……あ、足元にカニいるよ宇民さん」

「わわっ、踏むところだった！　まったく、大自然ね遊々」

「えへええへ、大自然……早く泳ぎたいね橋汰くん」

「おおっ！　あ、あそこだろ。地元の人が作った着替え場所ってのは」

入り江の端に小屋がある。夏葉さんによると、どうやら古い漁師小屋らしいが、今では泳ぎにきた人の更衣室と化しているとか。

「うっしゃーーー早速着替えよーぜ女子メンっ！」

「大きさ的に、女子三人で入っても大丈夫そうね」

「えへへ……ひとりで入るの怖いから、みんなで行こう」

そうしてカエラと宇民と遊々は、ゾロゾロと小屋へ入っていった。

次に会う頃には全員、水着姿になっている。そんな未来を前に昂らずにはいられまい。俺は砂浜をウロウロ。無駄に準備運動なんてしちゃって。典型的な思春期男子を体現していた。

一方、別の意味で昂ってしまっている男がひとり。

「うおおおおお待ってらんねぇ！　俺の心はもう海の中だ！」

意味不明なことを言い出した巨大キノコ頭は、突如としてTシャツと短パンを脱ぎ捨てる。

血迷ったのかと思ったが、短パンの下から海パンが出てきた。

「海パン穿いてきたのか……お前小学生かよ」

「いちねんびーぐみ、おがさわらつれづれ！　いきまーーーすっ！」

口調だけ小学生の図体がバカでかい一年B組小笠原徒然くんは、巨体を揺らしながら海へと駆け出していった。楽しそうで何よりだ。

「い、行っちゃったね……」

「放っておこう。そのうち寂しくなって帰ってくる」

「そうだね……徒然くん、仲間外れにすると怒るもんね」

龍虎が俺たちと遊ぶようになってもう二ヶ月ほど。徒然の生態も把握できたようだ。

座り込む龍虎は、砂を掴んではサラサラと落とす。慣れない労働で体力的には疲れているだろうが、その顔からは疲労感は見られない。

それどころか、龍虎もまたハシャいでいるようだ。

「ん？　龍虎、服の下になに着てるんだ？」

龍虎のＴシャツの下に、なにやら黒いインナーが見えた。

「ああ、これ……僕も水着、着てきちゃった」

「おいおい、お前も小学生かよー」

「へへ……」

「じゃあ俺ひとり、あの小屋で着替えるのかよー、怖いなぁ」

「は、はは……ごめんね」

「いやいいけどさ。てか龍虎は上下水着なんだな。ラッシュガードっていうんだっけ？」

「う、うん……あんまり、裸見られたくなくて……」

「あ、そうなんだ」

男だからって、上半身裸で恥ずかしくない奴ばかりではない。当然といえば当然のことだ。

そういえば龍虎はプールの授業もすべて休んでいた。

「で、でも海水浴は好きだから！　楽しみだったからこの水着も買ったんだ！」

慌てるような口調でそう言って、龍虎はその場でシャツとパンツを脱いだ。

みんなと合わせるために無理させたのではないか、と一瞬頭をよぎったが、龍虎自身が否定してくれた。その龍虎からの気遣いもまた、どこか嬉しい。

「まーこのキレイな海を見て、入りたくならないわけないよな」

「う、うん！　正直徒然くんが羨ましい」

徒然はひとり元気に水しぶきをあげて泳ぎ回っている。すぐに寂しくなって戻ってくるかと思いきや、孤独よりも海の心地よさが勝っているようだ。

ふと俺は、龍虎のラッシュガード姿を見て、大事なことに気づく。

「あっ、じゃあ龍虎、大浴場も……」

「あ、えっと……いやでも……」

「正直に」

「……は、恥ずかしいです」

観念した龍虎は情けなく笑う。よかった、先に聞いておいて。

「じゃあ後で夏葉さんに言っておこう。従業員用のシャワー室はあるけど、確か貸切の内湯も旅館の中にあったはずだから、そこに入れてもらえるかも」

「う、うん……入れたら嬉しいな」

「変に協調性アピールするなよー。無理しないで、自由にいこうぜ」

「うん、ありがとう橋汰くん……」

俺の家にみんなで泊まった時も、男子全員で入る流れに一瞬なりかけた。だが遊々らによる圧で回避された。今考えればナイス判断だ。

というか着替えも大浴場も、よく考えたら遊々と宇民の吹き荒ぶ息吹によって頑として阻止されただろう。遊々たちにとって龍虎は完全に恋敵なのだから。

「龍虎ってさ」

「う、うん……」

「好きな人とかいるの？」

「えええっ」

龍虎は目を見開いてバンザイ。全身で驚きを表現していた。

「いや、俺んちに泊まった日の夜、徒然とそんな話になったけど……そういえば龍虎はなにも答えていなかったから」

「あ、あぁ……そういやそんな話、あったね……」

まぁ俺もだけど。徒然だけが勝手に言っていた。

そういやあいつ西島が好きって言ってたな。趣味悪いなぁ。

実はこれは、前々から気になっていたことだ。龍虎だって男。もしもカエラに気があるのだとしたら、ライバルになってしまう。その可能性はゼロじゃない。

が、龍虎の回答は意外なものだった。

「ぼ、僕は……ひ、人を好きになるとか……たぶんまだ無理だよ」

「え、なんで？」

「だ、だって……ぼ、僕のことを好きになる人なんて、いないだろうし……」

「んあー……」

否定のような納得のような、変な相槌が出てしまった。

ストレートに肯定はできないが、分からなくはない、というのが俺の所感だ。

おそらく龍虎は色恋を意識するよりもずっと手前にある、己の自信が欠如している。それを自覚しているがゆえに、人を好きになる感覚が漠然としているのだろう。

「顔は良いのになぁ」

「う、うん……顔はすごく良いけど、中身がこんなんだから……」

相変わらず顔面の自己評価はマックス。だが内面の自己評価はミニマム。難儀な奴だ。

ひとまず恋敵でないことは安堵しつつ、予想外の答えに俺は少し戸惑う。

すると龍虎は、そんな俺の感情を知ってか知らずか、真剣な瞳で言い放った。

「あ、あのねっ、橋汰くん！」

「おお、なんだ？」

「**僕、メスガキになりたい！**」

「……うぃ？」

宇民のが移ってしまった。

ていうか、なに？　俺の耳バグっちゃったの？

「メスガキになりたいって……どういう……？」

「な、なろうと思ってなれるものじゃないとは思うけど……」

ごもっとも。メスガキもまた才能である。

「ぼ、僕ってよくみんなに、メスガキを頼まれるでしょ？」

「そうだな。よく頼んでるわ」

「うん……特に橋汰くんは、その時の状況とか季節性を考慮して、ライブ感のあるメスガキを注文してくるし……」

「そうだな。龍虎がメスガキに良いアレンジを加えてくれて、楽しんでるよ」

龍虎は嬉しそうに「へへ……」と笑う。

『なんですかこの会話？　サンドウィッチとかの話ですか？』

さしものイマジナリー小森先生も俺と龍虎のやりとりには困惑しているが、ここまでの会話には一切（いっさい）の誇張もない。

二ヶ月ほど前、面倒くさく絡んでいた一年A組の橘（たちばな）という男を突っぱねるため、龍虎は初めてメスガキ化した。「ざーこざーこ！」がとっさに出たと、当時の龍虎は語っていた。

それを耳にして心の敏感な部分を刺激されてしまった俺やクラスの奴らは、メスガキ台詞を言ってくれと龍虎にお願いするようになった。改めて考えるとなんだこの地獄は。

ただ龍虎はあまり嫌がっている様子はなく、むしろノリノリでメスガキ化していた。

その精度は日々上がっており、時折俺やクラスの奴らは、とんでもない怪物を育てているのではないかと武者震いしている。

と、無駄に仰々しく言ってきたが、俺の中では趣味半分、龍虎とのふざけ合い半分くらいのニュアンスで『メスガキと翻弄される俺』ごっこを楽しんでいたわけだ。

だが、ここにきてまさかの龍虎メスガキ化願望。

その理由を、龍虎は明かしていく。

「ぼ、僕はいまだに人と喋(しゃべ)るのに緊張して、うまく目が見られなかったり、自分の気持ちの半分も伝えられないことが多いんだけど……」

「うん」

「メスガキになると、相手の目を見て、思ってること全部言えるんだ」

「え、そうなのか。じゃあ試しに、今の俺に言いたいことをメスガキで頼む」

「ぷぷぷ～、橋汰くん男の子なのにひとりで着替えるの怖いの～？　情けな～い♪」

「ああ……染みる」

心から思う。漁師小屋に連れ込んで分からせたい。

確かにメスガキ化した際の龍虎は、普段のオドオドした雰囲気とは比べ物にならないくらいハキハキしている。

思い返せば、最初にメスガキ化した時の台詞も、左の通り。

『ぼ、僕の顔が良いからって攻撃して……嫉妬するな！　ざーこざーこ！』

龍虎が橘に対して、ぶつけたいと思っていた本音なのだろう。

どうやら龍虎は、ただ言われるがままメスガキを演じているのではなく、その身にメスガキを降ろして自分の感情を代弁させている。

いわば憑依型(ひょういがた)メスガキだったようだ。

「そ、それに橋汰くんたちが僕にメスガキをやらせてるのって、僕がちょっと女顔というか、少し男の娘っぽく見えるからでしょ？」

少しじゃないけどな。

「ぼ、僕は顔が良いのがイヤだったんだけどね……この顔のおかげでメスガキになれるなら、ぜ、全部ひっくるめて、自分を肯定できるんじゃないかなって……」

「なるほどな」

龍虎は顔が良いせいで、幼少期から親戚やクラスメイトによく話しかけられてきたと言う。

だが当の龍虎は話下手だったために、ガッカリされ続けてきた。勝手な話だ。

そのトラウマがさらに、人と話す時の緊張感を生むようになる。最悪の悪循環である。

　だが、そこから脱する道具もまた、その顔面ということだ。

「コンプレックスだった容姿を逆に利用して活かせれば、それほど熱い展開はないわな」

「へへへ……うん。でも、日常生活の中でメスガキを発動するのって、まだ緊張するんだ……橋汰くんに指示されてからじゃないと、うまくできない……」

「確かにタイミング難しいな。常時メスガキを発動してたら、それはもうメスガキだもんな」

「うん……だから正確にはメスガキになりたい、というよりメスガキをうまく使いこなしたいってことなんだ……」

　そしてメスガキがうまく使いこなせれば、今よりもずっと本音を口に出して言えるようになるということだ。これは龍虎にとって大きな一歩になるだろう。

『ずっとなに言ってるんですか。さっきから何ですかこの怖い会話』

　イマジナリー小森先生が何か言っているが、立て込んでいるのでスルーする。

「そういうことならこの旅行中で、俺に頼らず自発的にメスガキを発動できるよう訓練したらどうだ？　もちろん俺もフォローするし」

「で、できるかな……」

「大丈夫。他の奴らからすれば、旅行でちょっとテンションが高くなってるのかな、くらいに思ってくれるだろう。逆に旅行中くらいしかチャンスないぞ」

　進言すると、龍虎は意を決したらしく大きく頷いた。

「わ、分かった……できる限り、メスガキが発動できるよう頑張ってみるよ！」

「よし、その意気だ！」

感情のままに、俺は龍虎の小さな両手をガシッと摑む。

「じゃあ今の気持ちをメスガキで！」

「ね～急に手を握らないでくれる～？　そんなに僕に触りたかったの～しょうがないなぁ～」

「あぁ、整ったぁ……」

遊々の『ファッション陽キャ化計画』、宇民の『イキらない計画』に続き、龍虎もまた旅行中の目標を掲げた。

その名もズバリ、『メスガキ化計画』。

これは大いに期待できるだろう。この計画名だけで俺はすでに昂っている。

なぜなら龍虎は、メスガキの才能で溢れているのだから。

龍虎の瞳に炎が宿る。メスガキの使い手になるのだと心が燃えている。

これは龍虎にとって、モラトリアム脱却の鍵。つまりは開くべき青春の扉。

なればこそ俺は、絶対に助力を惜しまないぞ！

『ただメスガキを浴びたいだけですよね？』

イマジナリー小森先生に正論を突きつけられながらも、心から誓うのであった。

『それと、五十メートル後方からただならぬ妖気が接近中です』

「なっ⁉　マズい、気取られたか！」

「コォォォ……！」

「ふしゅぅぅ……！」

大変だ！　遊々と宇民が嫉妬の黒炎を纏(まと)いながら、すごい勢いでこっちに来る！

イマジナリー小森先生！　防御魔法陣、展開！

『無理です。メスガキエネルギーが足りません。破られます』

「コォォォォォォォォッ！」

「ふしゅぅぅぅぅぅッ！」

「ぐあああああああッ！　メスガキ男の娘に栄光あれぇぇぇぇぇッ！」

なにこれ？


女子たちに続き、俺も小屋にて水着への着替えを完了。

砂浜に戻ってくると、ひとり海でエンジョイしていた徒然もみんなの元へ戻ってきていた。

「なんだよ徒然。俺たちもうすぐ行くところだったのに」

「なに言ってんだ！　お前らだけでアレをやるなんて許さねえぞ！」

「アレって……まさかまたやるのか？」

「トーゼンじゃん！　アレはなんぼあってもいーですからね！」

「またぁ？　何があんたらをアレに突き動かすのよ……」

「えへえへ……海がだよ、うたみん」

「た、確かに……海に入る時も、やりたいかも……」

六人の了解が取れたところで、俺たちは改めて、海に向かって砂浜を駆け出した。

「「「海だーーーーーーーーっっ！」」」

水着姿で、叫びながら海へダイブ。

ジリジリと日差しで炙（あぶ）られていた肌が、海水で一気に締められるよう。しかし冷たく感じたのは一瞬、すぐさま快感へと変わる。

「はーーーっ、気持ちいーーーーっ！」

「えへえへっ！　海しょっぱい！」

「本当だな遊々！　久々に入るとビックリするくらいしょぺえな！」

「えへえへっ！　しょっぺえ！」

海水の味を楽しそうにレポートする遊々の水着は、ほんのり地雷系っぽいデザインだ。

セパレートタイプで、肩やパンツにはふんだんにフリルがあしらわれている。そして胸元（むなもと）はリボンがついたブラウス風。遊々の大きな胸が、はち切れんばかりに盛り上がっている。

ピンク髪と相まって最高にマッチしていた。

旅行前に女子三人で水着を買いに行くイベントがあったらしく、主にカエラが他のふたりの分まで水着を吟味したらしい。

流石はカエラ。センスがいい上に、遊々の容姿にはどんなデザインが合うか熟知している。

そんなコーディネーター・カエラの恩恵を受けた女子が、もうひとり。

「うわー、キレイな海。人もいないし最高ね」

「俺がここにいるだろうが」

「上田はバカなのね……と言いたいけど、確かにあんたがいなけりゃもっと最高だったわね」

「ひどい！　俺は泣くぞ！　いいのか宇民！」

「あはは、いいわね！　面白(おもしろ)そうだから泣いてみなさいよ！」

辛辣(しんらつ)なやりとりがいつにも増してキレキレな宇民の水着は、ワンピースタイプ。

赤と白のチェック柄という宇民にしては派手なデザインだが、可愛らしくてかなり似合っている。なるほど宇民には赤が似合うのかと、新鮮なイメージが得られた。

これまたコーディネーター・カエラのセンスが光るチョイスだ。

そして当のカエラも、やはり素晴らしい。

「キョータ見て見て！　青色の貝殻！　キレーすぎん⁉」

「いやそれ、ビンか何かのカケラじゃね」

「なぬっ！　環境破壊は許さんぞ！　ビンを捨てたのは誰じゃーーーーーーっ！」

きっと届くことはないポイ捨て犯への怒りを海に向かって叫ぶカエラの水着は、ビキニだ。

上はシンプルな白、下は華やかな花柄。色白の肌と太陽を浴びて輝く金髪に映えるオシャレなデザインだ。モデル体型でなければ、うまく着こなせないのではないだろうか。

そんなカッコ可愛いカエラは人懐っこい笑顔を振りまいて大はしゃぎ。

そのギャップもまた、俺の目も心も惹いていた。

「はー……」

「気持ちよさそうだな龍虎。旅館にいた時はくたびれてたのに」

「うん……仕事で疲れてもう動けないと思ってたけど……海に入ったら一気に吹き飛んだよ」

龍虎の水着は先に触れた通り、黒を基調としたラッシュガードだ。華奢で凹凸のない龍虎の身体のラインがくっきり出ている。海水で濡れた前髪のせいで、もはや女子にしか見えない。平たく言えば、美少女ッッである。シンプルに沖へ連れ出したい。

「ゴボボボボボオオオオオ……」

ヤバい、ピンク色の未確認海洋生物（第一形態）が、海に潜りながら俺を睨んでいる。徐々に接近してくる。このままでは海に引きずり込まれるぞ。

「言い忘れてたけど遊々、その水着似合ってるな」

「べへべへ……」

嬉しそうな声を上げながら、未確認海洋生物（第一形態）は海へと帰っていった。

「おい見ろよ橋汰、俺のこの筋肉！　ンンンンンパワーーーっ！」

「いや、お前はいいわ」

「ん？　何がだ？」

「いや、こっちの話。今日も上腕二頭筋がキレてるな、徒然は」

「そうだろぉぉぉ！　ンンンンパアアアァァァァッ！」

野郎の水着なんてどうでもいいわ。下がれ筋肉キノコ。

「ねーねー！　小屋にバレーボールがあったから、みんなでボール遊びしようよ！」

「勝手に使っていいのか？」

「うん！　夏葉ちゃが、小屋にあるものは好きに使っていいってさ！」

そんなわけで、海辺でボール遊びに興じることに。

全員で広がって輪を作り、ボールを落とさないようトスしたり蹴ったりするという、よくある遊びだ。

その既視感のある陣形になった途端、宇民が小さく笑う。

「校庭から海に遊び場が変わっても、結局やることは同じなのね」

「えへへ、確かに……」

「なんか見覚えのある風景だと思ったら、そうだな。これはいつもの昼休みだな」

俺たち六人は昼休みによくサッカーのボール回しをしている。その際もこうして輪を作っているのだ。おまけにその並びもいつもと同じ。なんだかおかしな光景である。

「いーじゃん！　これがアタシらの友情フォーメーションなわけよ！」

「ゆ、友情フォーメーション……」

「ダセェなオイ！　それに六人だからシックスメーションだろ！　バカだなーカエラは！」

うわ、すごいバカな発言だ。

「バカはお前じゃいクソキノコスープ！　くらえ！」

「ぐぼぁっ！」

カエラの右腕から放たれたスマッシュが、徒然の顔面にぶち当たる。お見事。

ふわりと浮き上がったボールの落下点には遊々が向かう。

「わわ、わわわわ……」

「ゆゆゆ～、手でも足でもいいからね～！」

「うん！　お、おらぁっ」

遊々はうまくトスして、ボールを高々と打ち上げた。

ただ、遊々にしては珍しく荒い言葉遣いだ。どうした急に。

「はい、三井くん！」

「うん！　きょ、橋汰くん！」

「よしきた」

宇民、龍虎とテンポよく渡ったボールは俺の元へ。角度的に遊々へ送るのが楽なので、彼女の方向へトスをあげる。

「ほら遊々！」

「お、おおっ……やったらおらぁ」

「……ん？」

「カ、カエラちゃん！　いくぞぉこのやろー」

「おお？　なんかゆゆゆテンション高い！」

俺はボールを目で追いかけながら、「あぁ……」と納得。

遊々お前、それ夏葉さんのマネのつもりなのか……。

『じゃあ旅行中、夏葉さんを目で追ってみるし！』

遊々によるファッション陽キャ化計画。その一歩として夏葉さんのように振る舞う、という課題を出したのは確かだ。

ただ、マネしてほしいのは立ち姿などの動きであって、口調ではない。

それも一番マネしてはいけない、俺たち従業員へのオラオラ系な口調を模写してどうする。

いや模写できてないけどね。へにゃってて全然迫力ないけどね。

「ほら、遊々」

「えへえへっ！　橋汰くんのパス、優しさエグちで取りやすちだ、おらよぉ」

しかもカエラのギャル語も混ざり、もはや遊々オリジナルのヘンテコなしゃべり方になっている。どこで間違ったのか。なぜ自分でおかしさに気づかないのか。おらよぉって。

遊々よ、ファッション陽キャへの道のりは険しいなぁ。

と、ファッション陽キャの先輩として冷静に分析している一方、あまり冷静ではいられない事態が巻き起こっている。俺は目視してしまっている。

「おらよぉ、ガキどもぉ」

必死にボールを追いかけ、トスしたりキックする遊々の胸についている、巨大爆発物。

走ったり飛んだりするたびに、水着から飛び出るのではないかと思うほどバルンバルンッと暴れている。存在感を激しく主張している。俺の理性を破壊しながらなお侵攻を続けている。

まさかこれが第二形態なのか。上陸したのか大洗くん。

遊々はきっと無自覚なのだろうが、それがむしろ恐ろしい。

「あはは一っ！　それわっしょ一一一い！」

そしてカエラもまた、躍動している。

遊々と比べるとどうしても控えめに見えるが、カエラだって小さくない。何というかこう、最も理想的なサイズ感のようにも思える。つまりは単純に美乳である。

それに、遊々よりも布面積が小さなビキニであるせいか、なんだかすごく危うい。

そう簡単に外れはしないのだろうが、ハラハラとしてしまう。

まぁ総じて、何が言いたいのかというと——ふたりともホント、サンキューな。

「ふしゅぅぅぅぅァァっ！」

「ぐはっ！」

宇民からの強烈ボレーシュートが俺を強襲。いきなり直線的な軌道で飛んできたボールには対応できず、俺の腹部にモロに直撃した。

「キョータアウトーっ！　うたみんナイスシューっ！」

「い、今のは無理だろ……てか完全に狙い撃ちしただろ宇民！」

「はー？　何のことかしらー？」

口がふしゅぅぅってたの、聞こえてんだよこっちは。

「今キレただろ宇民！　カウント進めるぞ！」

「キレてませーん！　力加減を間違えただけでーす！」

「ふたりとも、カウントって何ー？」

「な、なんでもないわ！」

宇民め、イキらない計画の穴を突いてきやがった。姑息なマネを。

というか、あんなこの世の楽園のような光景を前にしたら、男は誰だってそうなるだろう。

少なくとも徒然は間違いなく……。

「おい橋汰何やってんだ！　今のくらい反応できるだろ！」

「お、おお……？」

「いつも昼休みにやってることを思い出せ！　集中しろ！　さあ一本！」

徒然の心は熱く燃えている。スポーツ漫画の主人公のような雰囲気を醸し出している。

元サッカー部のスポーツマン徒然は現在、ゾーンに入ってしまっているらしい。その目には
ボールしか見えていない。劣情などまるでない。乳などむしろ邪魔だとさえ思っていそうだ。

あまりに純粋な瞳で見つめられた俺は、胸がチクッとした。なんかごめん。

いやでも、龍虎だったら分かってくれるはず……。

と、目が合ったそばから龍虎はトトトーっと俺の元へ歩み寄る。そして耳元で囁（ささや）いた。

「橋汰くんどこ見てんのキモ〜い♪　後で七草さんと青前さんに言っちゃおっかな〜？」

「ああやめてっ……でもやめないでっ……！」

こっちはこっちで、メスガキのゾーンに入っていた。

メスガキ化計画を実行中の龍虎は、隙あらばメスガキを差し込もうとしている。なので現在
メスガキ憑依中の龍虎の心はメス側。遊々とカエラの乳には劣情など抱きようがない。

やはり龍虎のメスガキの才能は、並大抵ではないのだ。

『だいぶ置き去りにされているので、もうメスガキに関しての追及はやめようと思います』

イマジナリー小森先生もサジを投げた、メスガキ化計画の今後にご期待あれ。

結局はスポーツマンとメスガキに挟まれた俺が、一番不潔でしたとさ。

でも仕方ないよね。全部——夏のせいだ。

「やかましぃラァァっ！」

「ぐはぁぁぁっ！」

「あははーっ、キョータまたアウトーーっ」

その後幾度となく宇民の猛攻で痛めつけられたのも、全部夏のせいである。

みんなで海だフゥーイエーイ、なんてわちゃわちゃやっているのはもちろん楽しいが、それだけで満足してはいけない。当然ずっと念頭に置いている。

この夏休みの目標、それはカエラとの距離を縮めることだ。

この旅行のスタートこそ、早朝の駅でカエラとふたりきりの時間ができラッキーだったが、それ以降はとんとチャンスに恵まれなかった。

夏葉さんによる仕事の割り振りで遊々と宇民とはふたりきりになったが、カエラとは早朝の駅以降、ほぼふたりではしゃべっていない。

充実している旅行バイトの真っ最中だが、このままダラダラと過ごしていたらあっという間に時間は過ぎてチャンスを失う。

遊々たちがこの旅行中、〇〇計画で変わろうとしているのと同様に、俺だって自分の目的を果たさなければならない。

モテるために、好きな女の子と付き合うために、俺は陽キャになったのだから。

と、そんなことを思っていると、チャンスは不意に訪れた。

「みんなー、これやろーよ！」

ボール遊びを終えて、おのおの海や砂浜で遊んでいた中、カエラが小屋から運んできたのはサーフボードだ。カエラの身長よりも大きい。

「サーフィンか？　流石にいきなりは無理だろー」

「波も高くないじゃない。サーフィンって朝方やるもんなんでしょ？」

「違うんですねー、それが。サーのフィンじゃないんですねー」

むっふっふと笑うカエラは、サーフボードの陰から何かを取り出して見せる。

それもまたカエラの身長ほどある、細長い棒。先端がしゃもじのように広がっている。

カエラは陸でサーフボードの上に立つと、長い棒で海を漕ぐ素振りをやって見せた。

「サップって言ってね、海でサーフボードの上に立って、こうやってパドルで漕いでゆっくり進んでいくマリンスポーツなんですよ」

「あー、なんか動画で見たことあるな」

「えへへへ、見たことある……」

「リゾートの海とかで、いけすかない陽キャがやってそうな遊びね」

「へ、偏見がすごい……」

「良いじゃん俺もやってみてぇ！　やらせろやらせろ！」

徒然はカエラからサーフボードとパドルを受け取ると、そのまま海へ駆け出していく。

しかし徒然の体格と焼けた肌と無駄についた筋肉に、サーフボードはよく似合っているな。

ハタから見たら地元民にしか見えない。海なし県からやってきたとは思えないな。

「初心者でもできるの、カエラ」

「できる人はできるよー。サーフィンより全然簡単」

「カ、カエラちゃんはできるの？」

「うん！　夏に大洗に来た時は、夏葉ちゃとよくやってるから！」

そう言ってカエラは「しゅっしゅ、つって！」とパドルを漕ぐフリをする。

「でもカエラはスポーツお化けだからなぁ。カエラ基準の『簡単』はあまり信じない方がいい気がするけど」

「でぇへへ、あんま褒めるなよキョータでぇへへ」

「照れ方キモいな」

「キモいとか言うなコラァ！　前からスネ蹴んぞラァ！」

「ごめんごめん」

「コォオオオオ……」

「ふしゅぅぅぅ……」

え、これで？

「ぷぷぷ、ウケる～♪」

あ、メスガキがウケた。じゃあいいか。

砂浜にて種々雑多なキャラと感情が入り交じる中、海に浸かっている徒然から声が飛ぶ。

「この上に立って漕ぐだけだろ⁉　そんなもん楽勝だろー！　見てろお前ら！」

海に浮かんだサーフボードへ乗ろうと試みる徒然を、俺と宇民は冷静な瞳で見つめる。

「なんか今、すごいキレーにネタ振りした感あるな」

「ええ、どうせこの後は豪快に……」

「ウオアーーーーっ！」

ドボーンっと、徒然はバランスを崩してサーフボードからひっくり返るのだった。

「えへえへ、様式美……」

「そうだな遊々。ああいうのでいいんだよな」

「穿った見方をした私たちがいけなかったわ」

厄介なお笑いオタクみたいな俺と宇民の反省はひとまず置いておいて、やはりサーフボードの上に立つのは難しいらしい。その後も徒然は何度かチャレンジしたが、三秒も立っていられなかった。

「徒然、お前って実はいろいろできない奴だよな」

「何のための筋肉なのよ。何のためのキノコなのよ」

「キノコ関係ねえよ！　キノコじゃねーし！　そんなに言うなら宇民もやってみろよ！」

「言っておくけど私、体幹エグいわよ？　体幹だけで飯食っていけるくらいだし」

「な、なんだと！　本当か⁉」

「ええ、ほんと……」

　お、イキるか？

「っと見せかけて嘘よ！　言うほど体幹エグくないわ！」

「どっちなんだよ！」

　俺の顔を見た途端、イキり切る前に回れ右して全力で謙虚になる、イキらない計画実行中の宇民。よく我慢したな。

　しかしお前、日常生活の中でどんだけイキったりキレたりしてんだよ。

　その後も宇民、そして遊々と龍虎も続けて挑戦していくが……。

「ぎみゃぁぁぁっ！」

「えひゃぁぁぁっ！」

「うわわっ！」

　と、全員漏れなくドボーン。誰ひとりサーフボードの上でまともに立つことさえできない。運動神経があるはずの徒然や宇民でもこの有様だ。やはり初心者には難しいらしい。

「て、てゆーかカエラ！　あんたは本当にできるの⁉」

頭から海に落ち続けて髪がぐしゃぐしゃになっている宇民が、鬼の形相でカエラに問う。

「できるよーん。貸してみん、うたみん」

ジョイ○ンみたいに踊りながらパドルを受け取るカエラ。そうして海に浮かぶサーフボードにペタッとうつ伏せで乗り込むと、難なく立ち上がった。

「おお〜」

「えへええへ、カエラちゃんすごい」

「えへえへどうも〜、こうやってパドルで漕いで、沖の方まで行くのが楽しいんよ〜」

川下りの船頭さんのようにゆっくりとパドルで海をかくカエラ。確かに気持ち良さそうだ。

「実は小屋にサーフボードとパドルがもう一組あってよぉ、乗れる人がいたら一緒に沖へ繰り出そうやと思ってたんだけど……」

「っ！」

その発言を聞いて、ちょっと残念そうなカエラの表情を見て、俺のモチベーションは一気にマックスまで振り切れる。

「まだ俺がやってないぞ！　やらせんかい！」

「おっ、キョータやる気マンチカンじゃん！」

やる気マンチカンの意味はよく分からないが、やる気が出たのは確かだ。

もしこれでサーフボードに乗れれば、カエラとふたりきりで沖へ出られる。これは夏休みの目標を達成へと近づける、またとないチャンスだ。

俺は神に祈るような気持ちで、海に浮かぶサーフボードを撫でる。

「母なる海の神々よ、私に力を……あと体幹とバランス感覚を……ついでに運とモテ力を……」

「何ごちゃごちゃ言ってんのよ上田。とっとと海ドボン見せなさいよ」

失敗すること前提で話すあの小さな悪魔には、それなりの天罰を……。

そうして俺はカエラがやっていたように、サーフボードにうつ伏せで乗り込む。

そしてゆっくりゆっくり、まずは片足立ち。

「あれ?」

「えへ?」

オーディエンスがざわつく。みんな初見では、まずここでドボンしてきたからだ。

だが俺は、ドボンしない。するわけにはいかない。

すべては、最高の夏にするために!

「ほおぉぉぉぉんっ!」

足をブルブルさせながら、両手を広げて変なポーズをとりながら。

それでも俺は、立った!

「おおおお橋汰が立った!」

「ウソでしょ！　ドボンしなさいよ！」

「す、すごい橋汰くん……」

「えへえへ、橋汰くんかっこいい……」

観衆たちが沸いている。サーフボードの上で変なポーズをしている俺を見て、沸いている。

そしてシャッター音が鳴り響く。あ、ちょっと撮影はやめてもらっていいですかね。

「キョータやるじゃん！　すごちすごちーっ！」

カエラは大興奮でスマホを俺に向け、写真を撮りまくる。

カエラのスマホに、俺の変なポーズの写真が次々に収まっていく。

うむ、本望である。


その後、カエラと共に少し練習したことで、俺は安定感まで備えることに成功。

いまやサーフボードとパドルさえあれば、どこへでもスイスイと行ける。

「それじゃキョータ！　一緒に沖に出てみよーや！」

「おお！」

ついに念願叶ってカエラとふたりきりになれそうだ。しかも沖という、誰の邪魔も入らない特別でロマンチックな空間。いよいよ運が向いてきたようだ。

「お前だけズルいぞ橋汰！　サッカー下手なくせになんでサップはできんだよ！」

「いいなぁ橋汰くん……」

「ガハハ！　お前らは母なる海への信仰心が足らんのじゃ！」

徒然と龍虎は、羨望の眼差し（まなざ）しを俺に向ける。

徒然に対してスポーツ面でマウントを取れる日が来るとは、と思ったが、あいつバスケとかド下手だったな。よく分からない男だ。

そして、女子ふたりはというと……。

「コォォォォ……！」

「ふしゅぅぅ……！」

大方の予想通り、だいぶ圧モリモリで俺を見つめている。風邪をひいてしまいそうなほど、嫉妬の息吹が吹き荒れている。

しかし沖にさえ出ればもう届かない。そういう意味でも、これ以上ないチャンスなのだ。

「よ、よし行くぞカエラ！　風邪ひく前に行くぞ！」

「どういうことやねーん！　よっしゃー出航じゃーーーーい！」

そうして俺とカエラはパドルを漕いで、ゆっくりゆっくりと沖へ向かっていく。

仁王立ちして両手をあげるカエラは、大海原に向かって叫んだ。

「アタシはなる！　海賊王に！」

「こんな船でどうやってなるんだよ」

「いるよ！　仲間が！」

「倒置法ルフィやめい」

明らかにテンションが高いカエラ。一緒にサップできる仲間がいて嬉しいらしい。

ビキニ姿のカエラは、サーフボードの上でピンと立ち、細い腕でしなやかにパドルを漕ぐ。

こうして見ると、改めて感じる。

カエラは美人で、それ以上にオーラがある。

宇民はサップを『いけすかない陽キャがやっている遊び』と絶妙に揶揄していたが、カエラのサップをする姿もまた、これ以上なく様になっている。

大海原を背景に、端正な横顔、海風になびく金色の長髪。

まるで海底神殿に住む女神のようにさえ見えた。

「キョータ、すごいね！」

突如その大きな瞳がこちらに向き、ドキッとしてしまう。

「な、何が？」

「初めてなのに、こんな遠くまで来ても落ち着いててさ」

「え？」

ふと気づくと、砂浜は遥か遠くに見えた。遊々のピンク髪はもう米粒ほどの大きさである。

「おお……あんなに遠くに……」

「あははー、意識したら怖くなっちっち？」

「あぁ……ぶっちゃけなっちっち」

「正直でよろし！　んじゃこの辺でのんびりしますかー」

そう言ってカエラは、サーフボードの上で足を伸ばして座る。それに倣って俺も、落ちないようにゆっくりゆっくり膝を曲げて体育座りする。

「ビビりすぎー。別に落ちてもキョータなら戻れるっしょ」

「そ、そうだけど、なんか怖いじゃん……怖いじゃん！」

「ごめんじゃん！　じゃん！」

口では謝っているが、その手はまたも首から下げた防水スマホケースに伸びて、現在の俺の表情を激写する。そして「あはー、いい表情！」と大笑い。まぁカエラが楽しいならいいか。

しばらくそのままでいると、流石に恐怖心も薄れてきた。

そうしてのんびりと、ふたりで海に漂う。

周りには誰もいない。砂浜に背を向ければ、視界には海しか見えない。

太陽は西の水平線へ傾いて、海と空をオレンジ色に染めている。

ありきたりだが、世界にふたりしかいないようだとしか、表現できない光景だった。

「いやぁ……この景色だけで、来て良かったと思えるな」

「だしょー？　他のみんなもサップできたらよかったねー」

そう言いながらカエラは夕日をバッグに自撮り。サーフボードの上でも縦横無尽にポーズを決めまくっている。すごいバランス感覚だ。

「写真、ＳＮＳにあげるのか？」

「夜にあげるよーん。あとでじっくり吟味しないとね。遊々とかうたみんは恥ずかしがるから水着姿はあげないけど。でもキョータはあげるからな！　覚えとけよ！」

「俺が何したんだよ」

ツッコミを入れる俺も交えて自撮り。そうしてカエラはころころと笑う。

「はー、楽ちーねー。まだ一日目なのに、もう帰るのが寂しくなっちゃうよー」

「そうだなぁ。夏休みはまだまだあるけどな」

「たしカーニー。キョータは他に夏休みの予定あるん？」

「一応、家族旅行があるな」

「へー、いいじゃん！　小凪ちゃんとかと？」

「むしろ小凪がメインの旅行だよ。あいつこの旅行が羨ましすぎて、こっそりついてこようとしてたからな」

「えーーーちょーぜつ可愛いーーーっ！」

今朝、俺が部屋から出るのを見計らって尾行を開始した小凪だったが、即座にバレて母親に捕まっていた。段ボールに隠れての尾行は流石に無理があるだろう。

そうして俺は、今生の別れのように大号泣する妹の叫び声を背に、家を出たのだった。

「小凪ちゃ、キョータラブすぎるっしょ！」

「だいぶ年が離れてるからなぁ。甘やかしすぎたわ」

「妹は甘やかしてナンボっしょ！　家族旅行で致死量くらい甘やかしてやんなぁ！」

致死量はダメだろ。まぁ甘やかしはするけどさ。

「カエラはどうなんだ？　家族旅行とか」

「ウチは親が忙しそーだしなぁ。おぼんぼんはばーちゃんち行くけど、日帰りでヨユーだし。お泊まり旅行はこれだけだっちっち」

そうは言いつつカエラの表情に寂しさはない。泊まりがないだけで予定自体はこの夏休み、ふんだんに盛り込まれているのだ。

「来週は友達と原宿行くしー、再来週は制服ディズディズするしー、あと遊々とうたみんとも週二億くらいで会うしー、昔のチームメイトとフットサルもするんだーっ！」

次から次に夏の予定が飛び出す。俺だったら目が回りそうなスケジュールだ。

そんなカエラのハジけるオーラにあてられて、俺はついポロっとこぼしてしまう。

「陽だなぁ……」

「おおん？」

言下、しまったと思った。しかし遅かった。カエラは漫才のような反応速度で「おおん？」

を突きつけてきた。その顔はけしてポジティブでない。

　この反応の理由は分かっている。

　カエラは、陽キャ陰キャという言葉が嫌いなのだ。

「まーた言ってる陽！　別にいいけど陽！」

「すまんな。無意識に出ちゃうんだ陽」

　言葉というよりも陽キャ陰キャというカテゴライズ、つまりは差別的な意識が嫌いなのだ。

　そしてそれはカエラがサッカーをやっていた時代、どうしても男子と比べられる風潮に嫌気が差して生まれた感情だという。

　ただ俺は先のプレゼンに際しての自己分析により、陽キャ陰キャを個性と捉えることを、自由のひとつの形だと結論づけた。

　実は俺とカエラの間には、そういった価値観の違いがあるのだ。

　ただその意識の相違が恋愛において邪魔になるわけではないだろう。むしろ俺は自分の意見をしっかり持ったカエラだからこそ、好きなのだから。

　それはそれとして、この場はひとまずフォローを入れておく。

「俺はカエラの陽キャ性をすごいと思っているし、羨ましいとさえ感じてるんだよ。俺はカエラみたいな陽キャを目指しているまであるからな」

　この言葉にウソはない。

俺の根っこは陰キャだが、努力で陽キャっぽく取り繕っている自分も、誇りに思っている。

そしてその努力に終わりはない。俺がファッション陽キャでいる限り、継続すべきである。

ゆえにカエラに対しては、理想の陽キャ像のひとりという認識を常に抱いているのだ。

が、どうにもカエラの顔はスッキリとしない。

モゴモゴと、歯に何か挟まったような表情で俺を見つめていた。

「まぁ？　キョータにそう言ってもらえるんは嬉ぴなんだけどさぁ……」

そこでカエラは、とても意外な言葉を口にした。

「そんなアタシは……陰キャって言われる方が、羨ましいこともあるけどなぁ」

「え？」

つい勢いよく振り向いてしまった。バランスを崩して、海に落ちそうになるほどに。

俺の瞳に映ったカエラは、何とも言えない、今まで見たことのない表情をしている。

アンニュイとシニカル。

無理やり言葉にするなら、このふたつの感情が混ぜ合わされたような雰囲気だった。

「それって、どういう……」

「教えませぇん！　自分で考え道中膝栗毛(ひざくりげ)！」

「新しい語尾だな」

「そこは気にせんでいいの！　ノリで言ってんだから！　さあそろそろ戻るよ！」

カエラはスクッと立ち上がると、パドルを漕いでさっさと行ってしまう。

俺もバランスを崩さないように立ち上がり、カエラの背中を追う。

夕日を浴びて燃えるような色になっている海から砂浜へ、カエラは「えっちらおっちら！」と、まるで沈黙を嫌うように叫びながら引き返していく。

失敗した。また逃してしまった。

カエラのこういう、本音ちょいポロリの先行逃げ切りは、これで二度目だ。

『情けないですね。一度経験済みの展開なのに』

そうは言ってもイマジナリー小森先生、あんな急にカマされたんじゃ、とっさにその真意を摑みきれませんて。

『傾向と対策が足らない証拠ですよ』

手厳しいなぁ。まぁその通りなんですけどね。

ちょっとだけ変な空気が漂ったまま、俺とカエラは遊々たちと合流するのだった。

＊＊＊

「いやー泳いだ泳いだ！　やっぱ海はサイコーだな！」

「さ、流石にもうヘトヘト……だけど戻ってからも、仕事あるって言ってたね……」

「あー、そうだったなぁ」

「夏葉ちゃスパルタぁー！　でもキツい夏葉ちゃもしゅきーっ！」

海での遊びを終えた俺たちは、着替えて旅館への帰路につく。

陽は落ちかけ、茜色(あかねいろ)の空は東からほんのり薄暗くなっている。潮風よりも濃厚な海の香りが全身から漂い、心には小さな寂寥感(せきりょうかん)が生まれていた。

これもまた夏を感じさせる、青春の一ページだ。

ただ、そんなエモい空気を文字通り吹き飛ばそうとする女子がふたり。

「コォオオオ……！」

「ふしゅぅぅ……！」

遊々と宇民は、俺とカエラが沖から戻ってきてから、延々この調子だった。

カエラは徒然と龍虎と共に少し先を歩いている。それでも万が一にも聞こえないよう小声でふたりに問いかけた。

「な、なんすか……？」

「橋汰くん……カエラちゃんとサップ、楽しかった……？」

「ま、まぁ……」

「沖でふたりきりだからって、水着のカエラに変なことしてないでしょうね……？」

「そんなアクロバティックなことできるかよ。サーフボード乗ってんだぞ」

「サーフボードに乗ってなかったらやったの橋汰くん……？　どんなアクロバティックなことをしようとしてたの橋汰くん……？」

ダメだもう。こうなったら何言っても無駄だ。ただただ嫉妬の息吹を受け止めるしかない。サップに興じていた時間、正直あまりラブコメは発生しなかった。それは俺が一番強く痛感している。ラブコメしたかったさ、俺だって。

それでも、仮にラブコメが発生していても、ラブコメの匂いは砂浜まで届きはしない。つまりどんなに否定してもこのふたりは嫉妬を発生させたに違いない。悪魔の証明である。俺がこうして嫉妬の息吹に晒されるのは、決定づけられた事象なのだ。

「いいさ、好きなだけ吹きかけるがいい。俺はすべてを受け止めるさ。それが世界の決定すなわちワールド・オーダーならな」

「遊々、帰ったら夏葉さんに言おうね」

「うん……橋汰くんがカエラちゃんとラブコメしてたって……」

「あ、ちょっとそれはマズいな？　やめてもらっていいかな？」

「これがワールド・オーダーよ」

「審判の時は近い……」

なんでこんなことに……俺はただラブコメしたかっただけなのに……。

「あれれ？」

ふと前方のカエラがこんな声をあげ、俺たちの方を振り向く。

「見て、もう旅館にバスきてるじゃん」

見れば俺たちが戻るべき旅館の前に、マイクロバスが停まっている。さらにそこからゾロゾロと高校生らしき人たちが出てきた。

「あ、マジじゃん。もしかして遊びすぎて戻るの遅れたか？」

「いや、夏葉さんに戻ってこいって言われた時間より十五分早いくらい。団体客の方が、予定よりも早く着いたみたいね」

「よ、よかった……怒られるかと思ったね……」

とはいえ海から上がったばかりの潮臭い従業員たちが、お客様と共に正面から旅館に上がるのはマズいだろう。俺たちはコッソリと近づきつつ、旅館手前の脇道から裏口へ向かう。

「……え？」

しかしその時、バスから降りてきた女子のひとりが、俺たちを見て停止。

幽霊でも見るような表情。その視線の先には——。

「カエラ……？」

「……ッ！」

呼び止められた当の本人もまた、言葉を失うほど驚いているようだ。

だがどうしてか、ふたりの雰囲気から見て取れるのは、けしてポジティブな感情ではない。

どこか気まずい空気。カエラにしては珍しい、複雑で繊細な表情。

ひたすらに明るく爽(さわ)やかな夏の空に、入道雲ほどではない、小さな暗雲がポツンと生まれたような気がした。

第三章 久々に会った友達との微妙な空気感、あれ何だろうね

You-kya ni natta Ore no Seishun Shijo Shugi

「今日も良い天気になりそうで良かったなぁ……ふあぁ」

「えへえへ、橋汰（きょうた）くん大あくび……ふあぁ」

「移ってんじゃねえか」

「えへえへっ、移った」

旅行バイト二日目、早朝五時。

真っ白な朝日が差し込む旅館のロビーにて、俺と遊々（ゆゆ）はソファで隣同士あくびを移し合う。

静かでのどかな朝の時間が流れていた。

「ファッション陽キャ化計画はどうだ?」

「あっ……ぼ、ぼちぼちだおらよぉ……」

「やめいその変な口調」

夏葉（なつは）さんというロールモデルから陽キャっぽい振る舞いを学ぶことに決めた遊々だが、あのオラオラした口調はマネしない方がいい。てかなんで表向きの若女将（わかおかみ）口調ではなく、俺たちに向けたオラオラ口調をマネしてしまったのか。

「あ、あまり夏葉さんの丁寧な口調、聞けなかったから……」

「あーそうか……団体さんといる時しか聞けないもんな」

昨晩やってきた団体のお客様方に対してだけ、夏葉さんは若女将として丁寧な口調になっている。あの短時間でマネするのは難しいか。てかそのスタンスはどうなんですか夏葉さん。

「まぁ口調に関しては誰かのマネをするより、自分で修正していった方がいいよ」

「きょ、橋汰くんは、録音してたんだっけ？」

「そうそう。お店の人との会話を録音したりしてさ。試しにやってみるか」

「ひゃっ？」

遊々は変な声をあげたが、気にせず俺はスマホで録音を始め、テーブルの上に置く。

「はい、おはようございます」

「お、おひゃようごじゃいます……」

「噛みすぎだろ」

「えへへえへ。あっ……う、うふふ」

「おい、レギュレーション違反だぞ。えへへえへ残しは義務だろうが」

「あ、ごめん……えへへえへ……橋汰くん、えへへえへ好きすぎ」

「えへへえへでしか得られない栄養があるからな」

「ひ、必須栄養素……？」

「そこまでじゃない」

「えへえへっ、調子乗った……」

と、ここで一度録音を停止。試しに聞いてみることに。

朝の挨拶から始まり、くだらないやりとりで締められた会話。

かつてあれだけ自分の声を録音して聞いたにもかかわらず、なんだかむず痒い気分になる。

俺の声がどうこうというより、なんともいえないふたりの空気感が心をくすぐる。

「はは、何やってんだかなぁ……」

再生を終え、俺はこんな感想しか出てこず。

そして遊々はというと……。

「遊々、なんだその表情……」

「えへ、えひゃ……」

顔を真っ赤にして、恥ずかしそうな照れ臭そうな今にもとろけそうな恵比寿顔。

一体何があったらそんな顔になるのか。

「わ、私の声とか口調は、変だし恥ずかしい……けど、橋汰くんとのやりとりは、なんかぁ、えへえへ……えへえへっ！」

「なんだそりゃ……」

まるで要領を得ない説明だが、ニュアンスで伝わった。

遊々からしたら、あの妙な空気感の会話が、とても尊いものに思えたらしい。

確かに、アホなカップルみたいなやりとりに聞こえなくもない。

「橋汰くん、今の音声データちょうだい……」

「……いいけど」

「べ、勉強のためにね……」

絶対勉強のためではなさそうだが、仕方なく遊々のスマホに送ってやる。音声データの着弾を確認すると、遊々はえへへと言いながら嬉しそうに揺れていた。

「ほら揺れてんじゃねえ。また録音してサンプル録るぞ」

「ま、また録るの？」

「ある程度集まったらまとめて聞いて、癖とかを見つけ次第直していくんだ」

「な、なるほど……頑張る」

そうして再びスマホをテーブルの上に置き、録音を開始した瞬間だ。

「おーい橋汰！　これ持つの手伝えぇ！」

「こ、声が大きいよ徒然くんっ……」

徒然と龍虎の声が飛んできた。見ればふたりとも両手に荷物を抱えている。

「おっ、あったか」

「おおよ！　全員分あるぞ！」

「た、楽しみだね……僕、やるの初めてだ……」

とあるお目当ての道具を探しに行っていた徒然と龍虎に続いて、カエラと宇民も客室に続く階段からのそのそと降りてきた。

「おっひゃー……メイクに時間かかっちったぁ……」

「カエラが洗面所を占領してるから、私まで準備に手間取ったわ」

「ごめぇん、うたみそ～。アタシ朝よわよわなんよ～」

寝起きのカエラは目が半開き、口調はヘロヘロとだいぶ可愛い仕上がりになっている。こんな姿を見るのもまた、旅行の醍醐味と言えるだろう。

「そういや遊々は一番にロビーに来てたな」

「えへぇへ、私はふたりよりちょっと早く起きたから……それより橋汰くん、これ」

遊々はテーブルに置いていた俺のスマホを手渡す。

「録音、切っておいたよ……えへぇへへっ」

「おお、サンキュー」

そういや会話の録音をしたままだった。

遊々はいまだに顔を赤らめているどころか、いつも以上にフラフラえへぇへと揺れていた。まださっき録音した俺との会話が、尾を引いているのだろうか。

「おらガキどもォ、朝からうるせぇぞー」

やって来たのは、まだ若女将モードの着物ではない、タンクトップ姿の夏葉さん。それでも俺たちに対する態度は相変わらず、カラッとオラオラしている。

「よく起きられたな。これから行くんか？」

「はい、昨日言ってた通り。仕事の時間には戻って来ますんで」

「ったりめぇだろ。それより朝メシはどうするんだ？」

「あ……そういや考えてなかったな」

「途中でコンビニでも寄ってテキトーに買えばいいだろ」

「アホなキノコだな。途中にコンビニなんてねぇぞ」

「ゲッ、マジすか⁉」

「ひゃーどうするー？　はらへ状態でできるかなぁー？」

「んなことだろうと思ったよ。ほら」

そう言って夏葉さんは、この旅館のロゴが入った紙袋をカエラに手渡す。皆で覗き込むと、そこにはアルミホイルで包まれた何かがゴロゴロと入っていた。

「こ、これはまさか……おにぎりですか⁉」

「ああ、旦那が仕込みのついでに握った。向こうに着いたら感謝して食いな」

夏葉さんの旦那さんは、この旅館で板前をしているのだ。

「うおおおありがてぇっす！」

「あとこれも。ほら」

夏葉さんは、今度は俺に大きめの水筒を手渡した。麦茶でも入れてくれたのかと思ったが、触ってみるとほんのり温かい。

「あら汁が入ってる。六人分な。紙コップは紙袋の中だ」

「ぎゃあああああ最高の朝食すぎん⁉　夏葉ちゃ大好き！」

「おにぎりと一緒にあら汁なんてキメたら飛ぶぞオイ！」

「あーあーうるせーうるせー。とっとと行きやがれガキども」

またも胃袋から心を鷲掴み（わしづかみ）にされた俺たちは、大あくびをしながら厨房（ちゅうぼう）へと去っていく夏葉さんに深く深く頭を下げ、見送る。

そして俺たちは、暑さがまだ追いついていない、早朝の海辺の街へと駆け出した。

わざわざ早朝に起床し、六人そろっておにぎりとあら汁を持ってどこへ行くのかというと、その発端は昨晩にまで遡る（さかのぼる）。

海遊びから帰って来てからも、俺たちは働いた。

団体客が夕食をとる部屋の準備、配膳と片付け、さらには清掃。朝と昼と比べれば、けして大変ではない内容だが、海水浴後の疲れ切った身体にはなかなかハードであった。

全員が仕事から解放されたのは夜の二十時前。そこからはフリータイム。

修学旅行でもお泊まり会でも、寝る前の時間が一番楽しいものだ。

だが、やはり身体はそれどころではなかった。

「あー……もう無理寝そう……」

「うん……布団に身体が沈んでいくね……」

もはや立ち上がれもしない俺と龍虎を見下ろして、徒然は呆れた表情だ。

「おいおいウソだろ⁉　まだ八時だぞ！　夜はこれからだろうが！」

「ホント何なんだよ……お前のそのバカみてぇな体力は……」

ひとり元気な徒然は、男子部屋の中心でトランプやらゲーム機を抱えて目を輝かせている。

その様子には全員が引いていた。

ちなみに男子部屋には、女子たちも集合している。

「みんな疲れてるのよ……馬鈴薯のように働いたんだから」

「やめろ馬鈴薯のヤツ言うの！　そろそろ俺も恥ずかしいぞ！」

「もうあんたひとりで遊んでなさいよ……」

「トランプをどうやってひとりでやるんだよ！」

「一生ショットガンシャッフルでもしてなさい……」

「ふざけんな！　ショットガンシャッフルはカードを傷めるだろうが！」

宇民はギリギリ徒然に悪態をつけるくらい。窓際の広縁のソファでダラーっと座っている。

「えへ……まだ遊びたい……」

「寝言は寝て言いなさい遊々」

「いや、それもうほぼ寝言だろ」

遊々に至っては宇民にでろーんと寄りかかって、頭をフラフラと揺らし、表情は完全に弛緩しきっている。たぶんもう八割くらい夢の中に入っている。

「もう遊々は部屋で寝かせた方がいいんじゃないか。な、カエラ」

「……ん、ああ、にゃに呼んだーん？」

カエラはワンテンポ遅れて反応。珍しく話題に入ってこないと思ったら、そもそも話を聞いていなかったようだ。

「どうした、カエラも眠いか？」

「ん～～だね！　ギャルのくせにおねむだぜ！」

「ギャル関係ねえだろ」

カエラが、ただ眠いという理由でボーッとしているわけでないことを、俺は知っている。

夕方到着した団体客。その内のひとりが顔見知りだったようだが、会った瞬間の互いの反応が気になった。もしもカエラが知り合いと遭遇したなら、「ぎゃーーなんでここにーーー⁉」などと大喜びしたはずだ。

夏葉さんに聞いたところ、あの団体は合宿で訪れた埼玉の高校の女子サッカー部らしい。

もしかしたらカエラのサッカー部時代の知り合いなのだろうか。

サッカー部時代に、何か因縁めいたものがある相手なのだろうか。

正直、気になったが……。

「ダメだ……疲れて頭が回らない」

「だにぇ～……こんな状態じゃトランプもゲームも無理だぁ」

「んだよ！　軟弱な奴らだな！」

「でも確かにぃ、旅行なのに夜更かしちゃんじゃないのは、もったいないちだねぇ」

「だなぁ……あ、そうだ」

その日の朝、駅から旅館へ向かう車窓から見えた海辺の景色を、俺はふと思い出した。

あの時、波止場にいた人たちは……。

「お前らさ、今すぐ寝られるし、明日も五時くらいには起きられるだろ？」

俺のこの問いに、全員「まぁ……」と肯定的な反応。

「じゃあ、今夜はもう寝ちゃって、その分明日の早朝にさ――」

俺の提案に、疲れ切っていたカエラたちは最後の力を振り絞るように、「完全にそれ！」と声をそろえて沸くのだった。


夜更かしをする代わりにエクストリーム出社。

始業前の早朝五時過ぎに俺たちがやって来たのは……。

「「海だーーーーーっ！」」

「それはもういいから」

海は海でも砂浜でなく波止場。海に向かって象の鼻のように伸びている足場には、数名ほどのおじさんたちがいる。

俺たちの目的はおじさんたちと同じ、釣りである。

「えへえへ……釣り、初めて」

「私も初めてだわ。カエラは？」

「アタシは大洗に来た時、何回かやったことあるかなー」

「俺はあるぞ。川釣りの方が多いけど。龍虎は初めてだってな」

「う、うん、楽しみ……徒然くんは？」

「実はない！　まぁでも釣りなんて誰にでもできんだろ！」

なかなかの放言のように聞こえるが、実際その通りだ。釣れるかどうかは別としてだが。

俺も小凪(こなぎ)も小さい時から父親に連れられ、山で岩魚を釣っていたくらいだ。

「でも釣れない時はマッジで釣れんからね～」

「だよな～……って、おいカエラ？」

言下、カエラは流れるように、波止場のおじさんに声をかけた。

「おっちゃんどう、釣れてる～？」

「んお？　そうだな、今朝は釣れてる方だよ」

「へ～～～じゃあ期待できるじゃ～～～ん！」

「姉ちゃんたち、若いのに釣りとはシブいねぇ」

「だしょー？」

「この辺の子じゃないだろ。観光客かい？」

「すぐそこの旅館で短期バイト中っす！　だから半分せいか～い！」

何の躊躇いもなく初対面のおじさんに話しかけ、流暢に会話するカエラ。

そのあまりに陽キャ陽キャした行動に俺や遊々、宇民や龍虎といった陰キャらは恐れ慄く。

夏なのに身体がガタガタと震える。遊々は恐ろしさのあまり膝から崩れ落ちていた。

本当にカエラは俺たちと同じ、胎生によりこの世に生を受けた生き物なのだろうか。

虹がかかった祝福の朝、聖なる光と共にこの地に舞い降りた存在だと言われた方が、まだ納得できる気がする。

「やったーおっちゃんから釣れる餌もらったよー！　あじゃーす！」

最後には無邪気な笑顔のカエラと共に、おじさんにお礼を言う俺たちであった。

絶対に騒がしくなるので、俺たちは他の人の迷惑にならないよう誰もいない波止場の先端までやって来た。

「うみゃーーーーーっ！」

「米の一粒一粒がっ……細胞に語りかけてくるわ！」

「えへえへっ……あら汁が五臓六腑に染み渡る……」

「こんな幸せでいいのかなぁ、俺……」

「徒然くん、泣いてる……？」

「何したんだよお前」

夏葉さんから受け取ったおにぎりとあら汁で腹ごしらえも済ませ、いよいよ釣りを開始。

が、勢いよくスタートダッシュとはならず。

「きょ、きょ、橋汰くん……このひとたち、つけるの……？」

「ああ、イソメだな。あのおじさんがくれた餌か」

「こ、このひとたち……触らなきゃいけないの……？」

「ひとじゃねえがな。なんでちょっと敬ってんだよ」

遊々はおじさんからもらった餌箱を覗いては、中で蠢くひとたちを直視できず後退り。顔が引きつり、真っ青である。確かに女子にはキツいビジュアルだよな。

「きょ、橋汰くんっ……付けてぇぇ……」

「仕方ないな。ほら、そのまま竿持ってじっとしてろ」

そうして俺は、ささっと遊々の竿の釣り針にイソメをつけてやる。

「ほら、これでいい」

「あ、ありがとぅ……」

するると遊々の後ろには龍虎も並んでいて、申し訳なさそうな顔をしていた。

「きょ、橋汰くん、僕のも……」

「お前もか龍虎。分かったよ、ほら貸せ」

「ぷぷぷ〜よかったねぇ僕の役に立てて♪　橋汰くんはこれから僕の餌付け担当ね♪」

「あぁっ……早朝メスガキバズーカあざますっ！」

突発的なメスガキ発動。分からせの準備を怠っていた。なんたる失態か。

メスガキ化計画により今後もきっと急なメスガキは多発するのだろう。俺の純情な精神は、果たしてメスガキの連鎖(れんさ)に耐えられるのだろうか。

『上田くん、メスガキに対してだけ明らかにテンションが違いますよね。完全に堕ちてますね』

イマジナリー小森先生、おはようございます。今日も良い天気ですね。

龍虎は餌が付いた竿を手に「よ、よーし……」と言って海に向かっていった。

龍虎に続き、小さな体をさらに小さく縮こませた女子がやってくる。

「う、上田(うえだ)……」

「はいはい。付けてやるから貸せ」

「べ、別に私はヨユーだけど⁉　でも初めてで付け方が分からないからっ……」

「分かった分かった。イソメが怖けりゃ何回でも付けてやるから」

「は、はぁ怖くないけど⁉ こんなか弱い生物、ワンパンで……」

「イキるのか？」

「ワンパンじゃ無理ですけど⁉ 良い勝負になりますけど⁉」

そういうことじゃねえだろ。イソメと良い勝負してどうすんだよ。

無事にイソメを釣り針につけてやると、宇民は「あ、ありがと……」と呟いてタタターっと当たりを待つ遊々の隣へと小走りで向かった。素直じゃないな。

「キョータキョータ！ アタシも付けてぇん！」

「俺もだ橋汰！ ひと思いにやってくれ！」

「なんでお前らもビビってんだよ！」

カエラと徒然まで、宇民の後ろに並んで俺の餌付けの列を作っていた。ふたりともイソメを見て「あわわ……」と震えている。

「カエラは経験者なんだろ？」

「ですけどね、はい！ 餌はいつも夏葉ちゃとかに付けてもらってましたから、はい！」

「何を偉そうに言っとんのじゃ」

「釣りの餌つけられる人ってかっくいぃ！ さっすがキョータ、イケメン！ フゥー！」

「こ、こんなんでおだてられてもなぁ！ まったくもう！」

好きな子に冗談でもイケメンと言われて、分かりやすく浮かれる陰キャの図である。

「コォォォォ……！」

「ふしゅぅぅ……！」

「あ、はーい餌つけ完了でーす」

「あじゃっす！　うっしゃーーーサメ釣ったらーーーっ！　昼メシはフカヒレじゃーーーっ！」

意気揚々と去っていくカエラを見て、遊々と宇民は何事もなかったように海へ向き直る。

危なかった。ふたりの息吹によって東の空から暗雲が立ち込めていた。微かに雷鳴も聞こえてきた。魚がビビって逃げ散らかしていた。

俺の好判断によって、今日も海の平穏は守られたのだった。

「で、徒然はなんだ？　イソメくらいお前なら食えるだろ」

「食えるか！　いや無理なんだって俺こういうウネウネ系！」

「野郎にくれてやる優しさはねぇ。気合いでつけろ」

「無理じゃぃ！　付けてくれなきゃ泣くぞ！　こんな図体でけぇヤツが人目も憚らず大号泣をブチかますぞ！　責任とれんのかよ！」

「あーうるせぇ！　分かった分かった！」

最後には徒然の釣り針にまで、イソメをつけてやるのだった。

誰ひとり餌も付けられないとは、なんたる現代っ子たちだ。きっとこの後も釣れたりバレたりするたびに、俺がイソメを付けることになるのだろう。

まぁ、カエラたち女子三人とメスガキに頼られるのは、悪い気はしないけどね。

何はともあれ、全員で釣りを開始。

とはいえ、釣りは忍耐と辛抱の趣味だ。餌をつけた釣り針を落としてすぐに釣れるようなものではない。なのでしばし俺たち六人は、釣り竿を握ったままじっと座っていた。

「全然釣れねぇなーおい。どう○つの森だったら一瞬で釣れんのによ」

「ゲーム脳の小学生みたいなこと言うなよ」

「てか小笠原あんた、どう○つの森とかやんの？　引くほど似合わないわね……」

「うるせーな！　俺にだってどう○つの森でチンしてぇ時もあんだよ！」

「へぇ」

宇民は流したが、おそらくチルと言いたかったのだろう。突然サジを投げるなよ宇民。

「まー釣りっちゅーんは、ダラダラしゃべりながら魚が来るのを待つのが醍醐味みたいなもんだからねぇ。気長にウェイティングしようや」

「餌もつけられないヤツが玄人ヅラは、なんか腹立つわね」

「ひぇぇえっ、うたみそ辛辣ぅ！　うたみそ辛辣ラーメンっ！」

「なんでラーメンになるのよ！」

「えへへえへ、美味しそう……」

「もやし多めにトッピングすると美味そうだな、うたみそ辛辣ラーメン」

「な、何辛くらいあるのかな……うたみそ辛辣ラーメン」

「店汚そうだよな、うたみそ辛辣ラーメン」

「全員のるな！　ラーメン方向で膨らませるな！」

「宇民、キレてる？」

「キ、キレてないですけどぉ……強めのツッコミですけどぉ？」

「どしたうたみん！　なんか感情がジェットコースターじゃね⁉」

「えへぇへ……うたみんが変だおらよぉ」

「ゆゆゆも変じゃね⁉　おらよぉって何よぉ！」

「ねぇ～～釣りビギナーの僕に釣られるってどんな気持ち～～～？　ざーこざーこ♪」

「龍虎くんが一番変じゃね⁉　てか釣ってるし！　すご！」

三人が○○計画を実行しているカオスな状況と、それに大混乱のカエラ。

新鮮な光景が広がっている中、なんと龍虎が魚を釣り上げていた。

魚に対してまでメスガキを発動させるとは。人生で初めて魚を羨ましいと思った夏。龍虎も魚も分からせてやりたい。シメて旨味を凝縮させる分からせを施したい。

「おおおおやるな龍虎！　うまそうな魚じゃねえか！」

「えへえへ、すごい……ピチピチだ」

「三井くん、釣り初めてなんでしょ？　普通にすごいわ」

「へ、へへ……僕もびっくりだ」

ひとまずは釣った魚を持ち上げさせて記念撮影。龍虎は頬を紅潮させてはいるが、いい笑顔を浮かべていた。夏のいい思い出ができたじゃないか。

「よっしゃ、俺も龍虎に続いて釣るぞー」

「あ、そ、その前に橋汰くん……」

「ん、なんだ？」

見れば龍虎は申し訳なさそうに苦笑いしながら、釣り針がかかったままの魚を掲げる。

「さ、魚とって……」

「えぇ……それもできないんか……」

「ご、ごめん、怖くて……」

「何が怖いことあるんだよ、仕方ないなぁ」

俺は針から魚を外して、ボックスに放り込んでやった。

龍虎のお礼を耳にしながら俺はタオルで手を拭う。そこでふと、俺は各位に尋ねた。

「まさかとは思うけど……お前らも魚触れないとか言わないよな？」

俺と龍虎以外の四人は、無言で顔を見合わせたのち、「へへ……」と笑う。

「ご明察。よく分かったわね上田」

「偉そうに言うな！　マジかよ、じゃあ俺が全員分の魚を針から外すんか！」

「もう橋汰は釣りしなくていいんじゃね。俺たちのサポートだけしとけよ」

「蹴り落とすぞ海に！　係員じゃねえんだよ俺は！」

「きょ、橋汰くん……また餌つけて？」

「せめて餌は自分でつけられるようになって！」

「えへへ……お魚釣れた。橋汰くんとって」

「話の途中だろうが！　なに大物釣ってんだ遊々！」

「キョータ見て見て！　ネコいる！」

「ネコいるんっ⁉」

見ればカエラの足元に一匹のネコ。予期せぬ来客に主に女子たちが沸く。

「えへへへっ、可愛い……」

「にゃーだ、にゃーにゃーっ！　どっからきたんよー！」

「首輪はつけてないから野良猫かしら。ここにいると魚もらえるって思ってるのかもね」

「にゃーーー頭いいーーっ！　だから人懐っこいんだにゃーーっ！」

「カ、カエラちゃん……私も触りたい……」

「わ、私も……」

一気に女子たちの関心を奪ったネコは、その場で寝転んでなすがままに撫でられる。

そんな微笑（ほほえ）ましい光景を眺めながら俺は、龍虎の竿に餌をつけて、遊々が釣った魚を外してまた餌をつけてやる。徒然と龍虎は並んで海に釣り糸を垂らしていた。

天気は快晴。朝焼けでキラキラと輝く海。波は穏やかで潮風が心地いい。

そんな最高のロケーションにて釣り。そしてネコ。

これもまた青春かな。

「ねーキョータキョータ！　ネコとアタシらで写真撮ってーーーっ！」

「うおおお橋汰、俺も釣れたぞ！　外してくれ！」

「きょ、橋汰くんっ、僕もまた釣れた……っ！」

「あーーーもう、分かった分かった！」

いや慌ただしすぎないか俺の青春！

『でも嬉しそうですね、上田くん』

本心を言語化しないでください、イマジナリー小森先生。

＊＊＊

八時過ぎに旅館へと戻った俺たちを、玄関掃除していた夏葉さんが出迎えた。

「へー、やるじゃないかアンタら」

俺たちの釣果を前に、夏葉さんは大いに感心する。

「初心者ばっかだからボウズで帰ってくるかと思ったけど、こんなに釣れたの」

「すごいっしょーっ！　アタシらだけじゃなく夏葉ちゃたちの分もあるよーっ！」

ハイテンションのカエラに対し、宇民と徒然はニヤニヤとイヤな笑みを浮かべている。

「まぁまぁ、あんまり調子に乗るのも、ねぇ？」

「そうそう、釣れてないヤツだっているんだから、それくらいに……ブフッ」

「はっ倒すぞテメエら……」

煽りに煽ってくる宇民たちに、俺は手が出る寸前であった。なんでお前ら、俺をバカにする時だけそんなに息ぴったりなんだよ。

二時間弱に及ぶ早朝の磯釣りは、なんとほぼ全員が釣果をあげていた。しかも龍虎に至っては三匹も釣り上げている。

大いに釣りを楽しみ、ネコとも触れ合い、最高の朝活であった。

ただひとり、俺を除いて。

「テメエら結局ひとりで餌もつけられねえ、釣った魚も外せねえで……」

「そのせいで釣れなかった、みたいに言うんじゃないわよ」

「そーだそーだ！　キョータだって竿を握ってる時間いっぱいだったよねーっ？」

「えへぇへ……橋汰くん、往生際が悪い」

「辛辣だなオイ！　うたみそ辛辣ラーメンだな！」

「定着させようとするな！」

大ブームを巻き起こした『馬鈴薯のように働く』に続き、『うたみそ辛辣ラーメン』もまた、俺たちだけの流行語として愛されることになると、この時の字民はまだ知らなかった。

ありがたいことに、釣った魚はすぐさま食卓に並んだ。

二時間前におにぎりとあら汁を食べたばかりだが、あまりにも見事な塩焼きや板前さん自慢の卵焼きを前にしては、俺たちも我慢できず。

「「「うまーーーーーーっっ！」」」

本日二度目の朝食。その感想はおおよそ右の通りである。

「それ食ったら今日もガシガシ働いてもらうぞガキどもォ」

と、そう言い放つ夏葉さんの表情は、それほど厳しいものでない。

「とは言っても、今日は昨日ほどタイトではないけどな」

「そーなん？」

「団体客の皆さん、連泊で部屋の掃除は必要ないからね」

「そういえば、お客様たちはもう練習場に行ったんですか？」

「ああ。昼食も別の店でとるらしいから、戻ってくるのは二十時ごろだよ」

「えへえへ……練習長い。すごいね」

「調べたら、埼玉ではけっこう強い女子サッカー部らしいわ」

そこで宇民が「そういえば」とカエラに話を振る。

「あの中に知り合いがいたんじゃない？　昨日は忙しくて聞けなかったけど」

俺も気になっていたが、聞けなかったことだ。

カエラは平坦な口調で「そーそー」と応（こた）える。

「真田（さなだ）ね。アタシの中学時代のチームメイトなんよ」

「え、けっこう近い間柄じゃない」

「そーなんよ。徒然は真田、覚えてない？」

「んー？　流石（さすが）にお前のチーム全員は覚えてねえよ」

「薄情なキノコだなー。真田はチームでもけっこう上手（うま）かったんだよー？」

そこへ宇民がさらにもう一歩、カエラへ踏み込む。

「でもカエラ、チームメイトのわりには、なんか微妙な反応に見えたけど？」

すごいぞ宇民、俺が言いにくいことまですべて代弁している。

ただカエラはそこで、トボけた顔をした。

「えーそう？　あーでも、ちょーぜつ久々に会ったたし、まっさかこんなところで遭遇するとは思わなかったから、マジでビックリしたのはあるわ。ビックリしすぎると意外とああいう感じなんよ、人間って」

「ふーん。話したりはしないの？」

「うーん、向こうは合宿で大変だろうしねぇ。邪魔しちゃ悪いし、てかこっちは従業員だし、アタシから話しかけるのはやめておこうかな」

カエラの言葉におかしな点はない。理路整然としている。

しかしなんだろう、この違和感は。

どうにも俺には、カエラがあまり真田と話したくないような空気感を覚えた。気のせいかもしれないから、ここで追及はしないけれど。

カエラと出会ってもうすぐ四ヶ月ほど。本当によく一緒にいたと言える。

ただ今目の前にいるカエラは、これまで感じたことのない、どこか摑みにくくて茫々とした雰囲気を纏っていた。

朝食を終え、俺たちは二日目のバイトを開始する。

俺は徒然と共に女湯の清掃。

なぜ男ふたりで女湯なのかといえば、シンプルに男湯よりも昨晩の利用者が多く、その分汚れているからだ。団体客である女子サッカー部全員が汗を流したのだから当然である。

「うへー、見ろよ橋汰。髪がすげぇ排水溝に溜まってる」

「そりゃあの人数だから、これくらい汚れるわな」

「女子の髪の毛って、頭から生えてる時はあんなにワクワクするのに、こうやって抜けたのを見ると気持ち悪いよなー」

「ああ、すげえよく分かるわ」

辟易（へきえき）していても仕方ないので、早速清掃に取りかかる。

俺と徒然はデッキブラシを手に、タイルの床をひたすらにゴシゴシ磨く。利用者が圧倒的に多かった分、昨日よりもさらにヌメリがとりにくい。

「かーっ！　こりゃ大変だぞ！」

「たぶん今日の山場はここの清掃だろうよ。客室の掃除がない分、仕事の量は少ないんだし。気合い入れてやるぞ」

そこで洗剤のボトルを手に取るも、その軽さに俺は首を傾げる。

「っと、洗剤がもうないな」

「あー～、なくなったら取りに来いって言ってたな」

「んじゃ俺が行ってくるわ」

そうして俺はひとり、夏葉さんがいるであろうロビーへと向かう。

夏葉さんはカウンターの内側にいた。目立つピンク髪と共に。

「夏葉さーん、洗剤がなくなりましたー」

「ああ上田くん、いいところに」

どうやら向こうも何かお困りだったらしい。夏葉さんはネコにするように遊々の首根っこを掴み、前に連れてくる。

「どうしたんですか？　遊々がなんかやらかしましたか？」

「いや、やらかしたわけじゃないんだけどさ。なんかこの子、昨日からじーーーっとアタシのことを見てるんだよ」

「えへえへ」

「あー……」

遊々は俺が課したファッション陽キャ化計画の課題、夏葉さんの所作の模倣を叶(かな)えるため、真面目(まじめ)に観察を続けていたらしい。

しかし夏葉さんからすれば、ピンク髪の子にじっと見つめられ、さぞ不気味だっただろう。遊々のことだから距離感を間違えていたんだろうし。その光景が頭に浮かぶようだ。

「えっとですね、実は……」

一応俺の責任でもあるので、遊々の代わりに意図を夏葉さんに伝えた。

ファッション陽キャがどうこうなどはややこしいので省き、若女将である夏葉さんをマネてキレイな所作を身につけたがっているのだと説明。

すると夏葉さんは、すっきりとした表情を見せた。

「なーんだ、そういうことなら初めから言えっての」

「えへへへ、すみません……」

夏葉さんも自分の所作を参考にしていると言われれば、悪い気はしないらしい。ほんのりと嬉しそうな表情を浮かべている。

「そういうことなら、今日はアタシに付いて仕事する？　その方が観察しやすいでしょ」

願ってもないチャンスを前にして遊々は、顔を晴れやかにしながらも、俺と夏葉さんの顔を見比べて右往左往。そんな遊々の頭を手で下げさせ、俺も一礼する。

「このピンク髪を凛々しくさせてやってください、お願いします」

「お、お願いしましゅっ！」

頭を上げると夏葉さんは、笑いを堪えるような表情だ。

「どういう関係なんだよ、アンタらは」

「いやほんと、どういう関係なんでしょうね」

「えへへへ」

何はともあれ夏葉さんは了承してくれた。これで遊々のファッション陽キャ化計画もグッと成功へと近づいただろう。

「所作もそうだけど、そのヘロヘロのしゃべり方もどうにかならないのか？」

「あ、そこもハキハキさせられれば……ただあまり、オラオラさせないでいただけると……」

「ったりめぇだろ。アタシをなんだと思ってんだオラァ」

いやそれっす、それ。

「お客様とかご近所さんとか取引先と話す時は、ちゃんと若女将っぽくしゃべるわ。そういう場面を聞いて学べばいいさ。分かったね」

「お、おっす！」

「良かったな、遊々」

「えへぇえへ、良かった」

えへぇえへする遊々を見ると、夏葉さんはなにか顎に手を当てて熟考。

そうして一言。

「しゃべり方は変えても、その『えへぇえへ』は残した方がいいね。可愛いから」

「はい、同感です」

「えへぇえへ」

理解ある上司で良かった。

無事遊々が夏葉さん付きの仲居に任命されたところで、俺は本来の目的を思い出した。

夏葉さんによると浴場清掃用の洗剤は、女湯を担当している宇民と龍虎が先にやってきて、彼女らへ多めに渡したとのこと。

なので洗剤を分けてもらうため、俺は女湯に入っていった。

「おーい宇民、龍虎」

俺の来訪を確認すると、宇民は眉をひそめる。

「ちょっと上田。清掃中とはいえ万が一があるかもしれないんだから、のれんをくぐる前に何か言いなさいよ」

「あー、そうか。すまんすまん」

「橋汰くんのへ〜ンタイ♪　おまわりさ〜ん、ここに変態がいま〜す♪」

「くぅ……そういや龍虎、昨日は内湯を借りたんだよな？　大浴場と比べてどうだった？」

「すごくキレイだったけど、ここよりは小さかったかな。橋汰くんの器くらい♪」

「はぁ、はぁ……そうか。キレイなら良かった……」

驚異のメスガキ二連発。分からせの手が足りない。2メスガキに対して1分からせでは男の名が廃るというもの。こいつ必ず2分からせる。

「なんか旅行に来てから、龍虎くんのメスガキが加速してる気がするんだけど……あんた何を吹き込んだのよ」

「俺はただ背中を押しただけ……翼を広げて高く舞い上がったのは、龍虎自身さ」

「意味不明だから殴っていい？　デッキブラシで側頭部を」

死んじゃうじゃん、そんなことしたら。

メスガキ談話はこれくらいにして、俺はここに来た目的を話す。

「ああ、洗剤ね。ならこっちに置いてあるわ」

そう言って大浴場の端へ向かう宇民に、俺もついていく。

お目当ての洗剤を拾い上げようとした、その時だ。

「きゃあっ！」

宇民は突如飛び上がって後退り。寄りかかってくる小さな身体を俺はとっさに受け止める。

それには掃除中の龍虎も「ひえっ」と声を上げてこちらを見た。

「危ないぞうたみそ。どうした……あぁ」

宇民の肩越しに現場を見下ろすと、洗剤のボトルに足の長い虫が隠れていた。

「カマドウマか。突然出くわすとビビるよな。ウチでもたまに小凪が……」

「ビ、ビビビビビってないしっっ！」

宇民は気が動転したのか、早口でそう叫ぶ。その声に俺はビックリである。

よく見れば、瞳孔が開いている。よほど怖かったらしい。

「ぜんっっっぜんビビってないけど⁉　あんたと一緒にしないでくれる⁉」

「落ち着け落ち着け……風呂(ふろ)場で虫に出くわしたら誰だってビビるって」

「ビビってないって言ってるでしょ！」

あ、マズい。そう思った時にはもう遅かった。

「カマドウマなんて私が一番ヤバかった頃は、素手で大量にわし掴みして、そのまま焚き火に突っ込んで燃やしてたらしいし！　大量に殺戮してたらしいし！　その時の私はだいぶイカれてたから今では記憶にないんだけどね！　全部人から聞いた話なんだけど……………はっ！」

吐き出すだけ吐き出したのち、やっと我に返って気づいたらしい。

もう取り返しもつかないほどイキり倒していた。久々にド直球なイキリを聞いた。なんなら記憶飛ばしエピソードまで語っていた。

時すでに遅し。すべてを察した宇民はというと。

「よぁえゆ……」

壊れると、この子はこうなるらしい。

旅行中、三回イキったりキレたり記憶を飛ばしたりしたら、ご褒美の夏祭りはなし。そういう約束で稼働したイキらない計画にて、宇民はすでに一回キレている。

そして今、宇民はイキった。カマドウマにイキった。

しかも一ターンでイキりと記憶飛ばしのコンボという離れ技を成し遂げた。

「宇民……今のは一回ってことにしておくか？」

「うぃ」

「じゃあツーアウトな」

「うぃ」

了承したけど、もう心折れてない？

「ぷぷぷ～♪　よく分からないけど宇民さん、ざぁんねぇん♪　頑張って～♪」

メスガキ男の娘が応援している。

『カマドウマって名前、やたらカッコいいですよね。でもあだ名は便所コオロギなんですよ。ひどいですよね。カマドウマ本人はその辺どう思ってるんですかね？』

イマジナリー小森先生も応援している。

頑張れうたみん、負けるなうたみん。

彼女の頭上に大輪の花火が咲くことを祈り、俺は洗剤を持って女湯を後にするのだった。

＊＊＊

大浴場の清掃、そして昼食を終え、十三時前には午後の仕事を開始した。

俺はカエラと夏葉さんと共に、玄関先の庭の手入れを行う。

「雑草を抜いていけばいいんですか？」

「うん。他の植物は傷つけないよう慎重にな」

「松の木とかカットしなくていいの～？　チョキチョキっつって」

「逆に聞くけどカエラ、お前自分の髪を素人に切られたいか？」

「ひぇぇっ、ちょーぜつムリ！」

「だろうが。そういうのはプロの庭師に頼むんだよ。素人は雑草抜いてな」

そんなわけで、俺とカエラで雑草抜きを開始。

夏葉さんは玄関をホウキで掃いている遊々の元へ戻っていった。何やらふたりで話しては、時折夏葉さんが遊々の肩や腰に軽くチョップを入れている。

「ゆゆゆどーしたん？　なんか夏葉ちゃにずっとくっついてんね」

「夏葉さんの所作を間近で見て、マネするためにそうしてるんだよ」

「なんで？」

「ヘニャヘニャした挙動を治したいんだってさ」

「へーん。アタシは遊々のヘニャヘニャも好きだけどなぁ」

「まあな。でも遊々自身が変わりたいって言ったんだ。変わりたいって気持ちは誰にも止められないだろ」

『あ、それ私が言ったヤツ。パクりましたね』

夏休みの登校日、本体にお供物を持っていくので許してください。

『フルーツサンドでよろしくお願いします』

小麦好きだな、ホント。

「確かにぃ！　良いこと言う橋汰！　略して橋汰！」

「はは、ウケる」

「ねぇ～～ツッコミ放棄しないで～～～っ！」

そう言いながらカエラは、俺の肩にグリグリと肩を押し付けてくる。

遊々とはまた違うニュアンスで、カエラは距離が近い。というよりボディタッチにためらいがないのだろう。それもまたカエラの陽キャ性を示している。

ただこう唐突に女子から距離を詰められると、バキバキな陰キャは卒業したとはいえ、ドキドキするというものだ。それがカエラなのだから余計に。

香水かボディクリームか。カエラはいつでも爽やかな香りがする。

「ラ、ブコ、メ……？」

不意に背後からコォォが聞こえ、振り向くと遊々が俺たちを見つめ、首を折れそうな勢いで傾けていた。いや怖いから。

「オラァピンク髪ィ！　なにボーッとしてんだ早く戻ってきな！」

夏葉さんに呼ばれた遊々は「ブコ、メ……ラ……」などと呟きながら去っていく。その顔はいつまでも俺たちの方を向いていた。それはもうラブコメじゃなくてホラーなのよ。

「どしたんだろ、ゆゆゆ」

「さあな。あいつはいまだによく分からないところがあるから」

「ホントにぃ？」

ホントにぃの意味が分からず、俺はカエラを見つめて首を傾げる。

「だってキョータ、ゆゆのことすごい知ってるじゃん？　ゆゆゆが挙動を治したいとか考えてること、アタシ知らなかったし」

「それはまぁ、あいつは俺に頼ることが多いからさ。陰キャから陽キャっぽくなることが今の遊々の目標らしいから、俺を参考にしたいんだろ。自分で言うのもなんだけど」

と、素直に答えるも、カエラは釈然としない表情だ。

「また陰キャ陽キャかー」

「すまんな。その言葉でしか表現できないこともあるんだ」

「ややや、いまさら陰キャ陽キャって単語にアレルギってるわけじゃないんよ。ただささ、それよりももっと前に、自分らしさを大事にしたいじゃん。人間だもの」

「あーなるほど……。言いたいことは、分からんでもない」

俺や遊々にとっては陰キャや陽キャというのが、自分という人間を決めるひとつの物差しになっている。どちらが良い悪いはないが、自分にとって価値があると思う方へ傾いている。

ただカエラはそのカテゴライズのもっと前、元来自分が持っている性質を尊重してほしいと考えている。意訳だが、カエラの性格上こういうことだろう。

「キョータだってプレゼンの後、遊々に言ってたじゃん。『自由に生きようや』って」

「あー、聞こえてたか」

「もち！　隣だし！」

その後さらに、この陽キャっぽく取り繕ったマインド陰キャな俺が、一番無理していない自由な俺なのだと遊々に明かした。

俺にとって一番価値のあるものは、自由さだ。

それを形づくっているのが、このファッション陽キャな姿だ。

でも遊々にとってもそれが最も自由なのかというと、それは分からない。なのにそれを目指す遊々を手放しで応援してよかったのかと、カエラの今の言葉で少し不安になった。

ただそれは遊々が望んだことで、望むことも目指すことも自由なのであって……。

と、複雑な思考へ落ちかけた時だ。

「自由に生きるってのはさ、こう……」

珍しい表情のカエラを見た。

無。というより意識が外に向いていない顔だ。

その言葉の続きはない。まるで自分で言ったその言葉を自ら噛み砕いて、自己分析しているかのよう。時間が止まったかのように停止している。

カエラの中で、何かが定まっていないのだろう。

自分の言葉にするのに何かが足りない、あるいは余計なことが阻害をしている。

そういう認識で、俺はカエラの次の言葉を待った。

その間、ほんの数秒。カエラが言葉を紡ぐよりも早く、思わぬ存在が邪魔をした。

「……ん？」

旅館の前に一台のタクシーが止まる。

明日まで当旅館は俺たちと団体客で満室であり、新規のお客さんは来ないはずだと夏葉さんは言っていた。なのに、なぜタクシーが？

下車して旅館の玄関に近づいてくる人物はふたり。

カエラが真っ先に気づいた。

「え、サナ……？」

見ればその内のひとりは、昨日カエラと顔を見合わせていた女子。

真田さん、というカエラの元チームメイトだ。

彼女は引率していたコーチに肩を借りて歩いている。よく見れば、右足首に包帯が巻かれていた。どうやらケガをしたらしい。

「あらあら、どうかされましたか？」

夏葉さんが出迎えると、コーチの女性が軽く事情を説明する。

真田さんは練習中に足首を捻挫してしまったらしく、病院で処置してもらった後だという。

当然練習には戻れないので、部屋で安静にさせるためひとりだけ旅館に送ってきたのだ。

真田さんをロビーのイスに座らせ、コーチと夏葉さんはカウンターでなにやら話している。

「うー、うー……」

その様子を見ていたカエラは目にも明らかに、行こうか行くまいか迷っていた。しかし意を決したようで、玄関から入って真田さんに近づく。

「サ、サナ……」

「え……っ！」

真田さんは今の今までカエラがいたことに気づいていなかったようで、その顔を見た瞬間に驚き、じわじわと複雑そうな表情を浮かべていく。

カエラは心配そうに、でも笑顔を作りながら尋ねた。

「だいじょぶ？　練習でやっちゃったヤーツ？」

「………」

「なんかあったらアタシ呼んでよ。てかなんか必要？　捻挫って言ったけど、どんな——」

「……カエラには、関係ないでしょ」

キンっと、空気が張り詰めた。

言われたカエラだけでなく、言った真田さんも表情に悲しげな色を滲ませる。

「あっ、そ、そだよね……」

「……いや、ごめん……」

「いやいや、アタシこそなんか……ごめん」

謝り合っているが、心の距離は遠ざかっていく。会話は成り立っているのに、ひとつとして分かり合っていない。見ているだけでツラい光景だ。

真田さんはコーチに連れられて、客室に戻っていく。その丸まった小さな背中を、カエラは苦悶を映した表情のまま、しばらく見つめていた。

明らかに、カエラと真田さんの間には何かがある。そう確信せざるを得ない時間だった。

それでも、その場で真実を聞くことはできなかった。

＊＊＊

意外と早く俺は、再び真田さんの姿を見た。

玄関先の庭の手入れを終えた俺は、今度は龍虎と中庭の手入れを任された。先ほどと同様に雑草を抜いたり、落ち葉を回収するのが主な作業だ。

その中庭を望む縁側に、真田さんは座っていた。

表情は、遠目で分かるほどに絶望的。時折頭を抱えては激しく上下している。

「な、なにしてるのかな……」

事情を知らない龍虎は不審そうにそう呟く。

「練習で捻挫したんだって。ちなみにあの人が、カエラの元チームメイト」

「へ、へぇ……ね、捻挫ってそんなに痛いのかな……あんな取り乱して……」

「いや、流石に別の理由がありそうだ……」

俺にはそれが、すさまじく後悔している人間の動作に見えた。

放っておくべきかとも思ったが、カエラのためにもなるかもしれないと、俺は話しかけることに。そもそも声をかける理由は十二分にある。

「あの……大丈夫ですか?」

「うわあっ! ああ、すみません大丈夫です!」

そこで初めて俺と龍虎の存在に気づいたらしい。真田さんはひっくり返りそうなほど驚いていた。

ショートヘアで色黒。いかにも野外スポーツに身を投じていそうな女性の容姿だ。目鼻立ちはくっきりしていて、ちょっと目立つ顔立ちである。

そういえば、女性ばかりの団体客には近づくなと、夏葉さんに釘(くぎ)を刺されていたのだった。

ただルールばかり守っていてもいけない。それが好きな女子のためになるなら、喜んで俺は罰を受けよう。

『団体客の人に接したら、去勢するって言っていませんでしたっけ?』

前言撤回。この接触はなにがあっても夏葉さんにバレてはいけない。

「捻挫と聞きましたけど……お部屋からここまでひとりで?」

「ああ、はい。なんか部屋にいたら、モヤモヤが溜まっちゃって……部屋でじっとしてろって言われたんですけどね」

そこでふと、龍虎が意を決した様子でグッと真田さんの前に立つ。

「な、なにか……あの……」

「え？」

何か話したがっている様子の龍虎に、真田さんは首を傾げた。

今の龍虎は、昔とは違う。彼は思いを伝える術を身につけたのだから。

「なにか飲み物でも持ってきましょうか～♪」

「えっ……いや、えっ……」

「遠慮なさらず～♪　今持ってきますね～ぷぷぷ～♪」

颯爽と去っていく龍虎の背中を、真田さんは目を丸くして見送った。

俺はグッと拳を握り、心で喜びを噛み締める。

メスガキを発動して己の伝えたいことを伝える。俺たちだけでなく完全なる他人である真田さんにもできたのだから、もはや『成った』も同然である。

お前の成長、しかと見届けたぜ龍虎！

『お客様相手にぷぷぷ～♪は流石にマズいのでは？』

ですよね。アウト中のアウトですよね。どうすんだよ、これ。

「大変申し訳ございませんでした……あの子は、その、メスガキ男の娘でして」

深く頭を下げる俺に対し、真田さんは慌てて応える。

「いや、ビックリしたけど全然気にしてないんで……メスガキ男の娘なら仕方ないですね」

「理解が早くて助かります」

「一瞬、ツンデレ喫茶みたいなコンセプトのある旅館なのかと思いました……メスガキ男の娘旅館なのかと……」

ニッチすぎるだろ。あったら絶対に行くけど。

龍虎には後でしっかり言っておくとして、さあこの後どう踏み込もうかと思案。客と従業員であり年の近い男女。下手に距離を詰めればいろいろとマズい。最悪去勢されちゃう。

と、悩んでいる0コンマ数秒の間に、幸運にも真田さんの方から踏み込んでくれた。

「あの、カエラ……青前(あおまえ)とは知り合いなんすか？　メスガキの子もだけど、何人か近い年の人が働いてるみたいすけど……」

「はい。カエラを含めた同級生六人で、この旅館に短期バイトしにきてるんですよ」

「あー、やっぱりそういうことなんすね。小笠原もいたんで、そうかもと思った。じゃあ全員同い年かぁ。いいな、楽しそうで」

徒然は忘れていたが、真田さんの方は覚えていたらしい。あの存在感だから当然か。

「ちなみにここは、カエラの親戚がやっている旅館なんですよ」

「あーそういう……そこへ来ちゃったとか……なんだかなぁ……」

真田さんは髪をくしゃくしゃとかく。情けなさそうな笑顔だ。

「あの……上田さん?」

俺のネームプレートを確認する真田さん。

「同い年だから、さん付けじゃなくていいよ」

「あ、そうだよね。じゃあ、上田くん……」

真田さんは恐る恐るといった表情で尋ねる。

「さっき、ロビーにいたよね……カエラとのやりとり、聞いてた?」

「あー、うん」

「うっ……ちなみにカエラはあの後、どんな感じだった……?」

「見せないよう気丈に振る舞ってはいたけど……まぁ正直、くらってたな」

「ぐあぁっ……!」

まるで俺の返答のひとつひとつがボディブローに変換されているかのよう。真田さんは苦悶の声を漏(も)らして頭を抱える。

「ダセぇなぁ……チャンスって時に捻挫して、カエラに八つ当たりして……死にてぇ……」

やはり真田さんは、先ほどのとっさの一言をかなり後悔しているようだ。

「チャンスって?」

「次の公式戦にさ、スタメンで使われるはずだったんよ……しかも一年の中で初めて。だから気合い入れてたのに……ここで離脱だもんなぁ」

運動部に入ったことがない俺でも、その無念さは想像できる。確かにそんな現実を前に部屋でひとりでいては、どうにかなってしまうだろう。

初対面の俺に思いのほか包み隠さず話してくれるのは、真田さんの陽キャ性によるものか、もしくは弱っているからなのか。

後者なら弱みをつけ込むようで申し訳ないが、ここで俺は少し踏み込んでみる。

「でも、間違ってたらごめんだけどさ……」

「なに？」

「カエラとはその前から、ちょっと微妙な空気じゃなかった？　ほら、真田さんたちが旅館に到着した時さ……」

「……よく見てるわ」

真田さんは苦笑。しかし語気を強めて主張する。

「でもさ、微妙な空気を作りだしたのはカエラだからね？」

「え、どういうこと？」

「あの時、カエラを見かけた瞬間、最初はめっちゃビックリしたよ。そりゃだっているはずのない人間が目の前にいたら、誰だってビックリするじゃん？」

「そりゃそうだな」

「でもその後は普通に『えー久しぶりー！』とか『こんなとこで何やってんのー？』みたいに話すつもりだったよ。でもカエラの顔を見たら、そんなん言えなかった」

俺もその時のカエラの様子を、鮮明に覚えている。複雑そうな、珍しい表情だった。

「いつでもアホみたいに明るいあのカエラが、再会した瞬間にそんな顔したらさ、『何その顔』ってなるじゃん。だから私も『何その顔』って顔をしたわけ。それが微妙な空気を作ったんだろうね」

「なるほど……」

真田さんは後発的に、カエラの作った変な雰囲気に迎合したということか。

「なんでカエラはそんな反応を……？」

「私が聞きたいよ。私は久々にカエラと会えて嬉しかったのにさ……まぁだからってカエラに八つ当たりしていい理由にはならないけど」

そう言って真田さんはまた頭を抱え、大きなため息をつく。

なぜカエラは、真田さんとの再会でとっさに微妙な顔をしてしまったのか。

カエラは感情が顔に出やすい。表情でウソがつけないタイプだ。だからこそそれはカエラの心から出た反応と言える。

大して話したことのないただの元クラスメイトとの再会でさえ大喜びしそうな、陽キャ中の陽キャであるカエラが、なぜ？

　分からない……教えてイマジナリー小森先生！

『確か青前さんは、あまり穏やかでない理由でサッカーをやめたんですよね？　そこに何かの要因があるのではないですか？』

　それだ！　ありがとうイマジナリー小森先生！

「前にカエラから聞いたんだけど……カエラがサッカーをやめた理由って、男子と比べられるのがイヤだから、だよね？」

「ああ、うん。カエラは君にそこまで話したんだ」

「でもそんな理由でずっとやってたサッカーをやめるのって、普通に考えたらしんどいよね」

「まーねぇ」

「だからもしかして……サッカーに未練があるから、今もサッカーを続けてる真田さんの姿を見て、こう……素直に再会を喜べなかった、とか？」

　我ながら理に適（かな）った推察だと思う。真田さんもうんうんと小さく頷（うなず）く。

　だがその表情は、さらに神妙なものになっていた。

「私も真っ先にそれが浮かんだよ。ただ……もしそうなら、余計に腹立つけどね」

「え……なんで？」

「……ちょっと、込み入った事情があってね。ただ男子と比べられる風潮に嫌気が差して、監督とかと対立したってだけじゃないんよ」

ここまでなんでもさらさらと話してきた真田さんが、初めて言い淀んだ。

ただそれ以前に俺は、少し驚いていた。カエラがサッカーをやめた理由は、俺に教えてくれた事情だけではないということだ。

一体カエラは、何を思って大好きなサッカーをやめたのか。

それはカエラ本人から聞いた方がいいのだろう。なので俺は最後に真田さんへ、こんな質問をしてみた。

「真田さんは、カエラはサッカーを続けるべきだったと思う？」

この問いに真田さんは、顎に手を当て、視線を落として、深く考える。

その末に出た答えは、意外なものだった。

「どうだろうね……まぁ、どっちでもいいんじゃないかな」

「どっちでも？」

「うん。テキトーに言ってるわけじゃないよ？」

よく分からず首を傾げる俺に、真田さんは問う。

「上田くんはカエラとサッカーしたことある？」

「昼休みによく遊びでボール回ししてるよ。うまいよね」

「そう見えるかー。まぁ試合じゃなかったらそう思うよね。技術は多少成長したし」

「どういうこと?」

思い出を噛みしめるように、真田さんはカエラとの日々を語る。

「カエラってね、試合でぜーんぜん使えなかったんよ」

「ええっ⁉ そうなん⁉」

「ははは、うん。戦術を全然理解できていなかったからね。いきなり予期せぬ方向へ勝手に走り出すし、めちゃくちゃ変な場所でパス要求してくるし」

「い、意外だ……」

「まぁ技術的な面は、努力の甲斐あって中三の頃には見られるようになったんだけどさ」

そうは言いつつ真田さんは、先ほどまでよりもずっと愉快そうに話している。

「でもね、カエラが試合に出るとチームが明るくなったんだ。超楽しそうにプレーするから」

「あー、それはなんか、目に浮かぶわ」

「でしょ? しかもたまに、すんごい奇跡的なシュートを決めたりするし。こいつはそういう星の下に生まれた人間なんだろうなって思ったよ。スターというかね」

「そういう人がいると、チームが盛り上がりそうだな」

「そうそう。ムードメーカーだったね。チームのほとんどが男子だったけど、カエラ相手じゃ関係なさそうだったし」

真田さんは目を細めて、しみじみと言う。

「カエラはチームの太陽だったよ。それは間違いない」

「そっか」

「だからカエラがサッカーやってるやってないは関係ないね。やってても、下手なままでも、サッカーを楽しんでただろうし。やっていなくても、どこかで誰かの太陽になってるんだろうなって思う。そういう人間だから」

真田さんの予想通りだ。

カエラは今、俺たちの太陽になっている。

俺は目が焼きつきそうなほど、いつでもカエラを見つめてしまっている。

「ところでメスガキの子、遅いね。飲み物持ってくるって言ってたけど」

「そういやそうだな」

と、話したそばから龍虎が、麦茶が載ったお盆を手にやってきた。

「お、お待たせしましたぁ……」

「遅かったな龍虎、どうかしたか?」

「う、うん……途中で迷っちゃって……」

「あー、なるほど」

この旅館はそこまで広くないが、微妙に入り組んでいる。なので中庭へのルートを失念してしまっていたのだろう。たどり着いた龍虎はホッとした表情だ。

「よくひとりで戻ってこられたな」

「いや……途中で夏葉さんに会って、連れてきてもらった」

「そうか………ん？」

夏葉さんに連れてきてもらった？

ということは、まさか今ここに……。

「――ォォ……！」

「あ、あぁ、聞こえる……っ！」

「コォォォォ……！」

耳にまとわりつく嫉妬の息吹。

恐る恐る振り向くと、夏葉さんと遊々が中庭の端に、ふたり並んで立っていた。

ゆっくりゆっくりと、こちらへ近づいてくる。

「橋汰くん……またひとり……」

若女将付きのピンク髪仲居は、もう人の形をしていない。遊々が踏み締めたそばから、中庭の草花は枯れていく。そしてその跡には毒々しい嫉妬の花を芽吹かせている。

そして夏葉さん。可憐な若女将スマイルを浮かべていた。

俺の顔を見つめながら、右手ではチョキを、左手では小指を立てた。そのままゆっくりと両の手を近づけると……。

「ヒイィィッ！」

チョキで小指を切り落とす仕草。そしてニッコリ。

『上田くん……新学期からは心新たに、女子生徒としての登校をお待ちしています』

イマジナリー小森先生！　それシャレになっていません！

「ぷぷぷ～♪　バイバイ橋汰くん♪　こんにちは橋汰ちゃん♪」

「くっ……メスガキ男の娘に興奮するのもこれが最後なのか⁉　イヤだ、イヤだーーーっ！」

去勢ポーズを決める若女将、嫉妬の息吹を操るピンク髪仲居、メスガキ男の娘仲居。そしてそんな三人に囲まれて慟哭する俺。

その光景を眺める真田さんは、麦茶を傾けながら小さく呟くのだった。

「変な旅館に来ちゃったなぁ」

あとすみません。

どうしても言いたいことがひとつ。

夏葉さん、なぜあなたは五本ある指の中で、一番小さくて細い小指を俺のナニかに見立てたのでしょうか？

第四章　太陽ってデバフじゃね？

You-kya ni natta Ore no Seishun Shijo Shugi

【業務連絡】真田さんに事情を説明してもらい、去勢はなんとか免れました。

祝・残留！

仕事中、ふとロビーに立ち寄ると、女子三人組がカウンター前に集結していた。何やら遊々を中心にカエラと宇民が話している。夏葉さんの姿もあった。

「あっ、キョータ来てみ！」

俺の姿を確認したカエラが手招きをする。

「どうしたー、三人そろって」

「ゆゆゆが頑張ってるんよー」

「夏葉さんに姿勢とか口調を正してもらってるんでしょ？　その成果が出てるのよ」

「おお、もうかよ！　すごいな」

「ったりめぇだろ！　アタシに師事してんだからな！」

カエラと宇民が手放しで褒め、夏葉さんが自信満々に胸を張る。

これはどうやら新たな遊々の姿が見られそうだ。こんなにも早くファッション陽キャな遊々に対面することになろうとは、陽キャもどきの先輩として嬉しい限りである。

では、その成果やいかに！

「えへえへ、橋汰くん来た……」

「……ん？」

緩みきった表情に猫背、モジモジとした挙動、ヘロヘロな口調。

数時間前と……ていうか初めて会った頃と、何も変わっていないように見える。

拍子抜けの結果を前にして俺は、カエラたちに目線を送る。すると彼女たちも狐につままれたような顔をしていた。

「ありぇ？　さっきまでカッコよかったんに……」

「今の今まで、背筋も伸びて、キビキビ動いて、しゃべり方もハッキリしてたじゃない」

「どうしたピンク髪。アタシとの特訓の成果はどこへ？」

俺も含めて大混乱の現場。すると遊々がヘロヘロの口調のまま説明する。

「橋汰くんと会ったら……なんか全部忘れちゃった。えへえへ……」

「えぇ……？」

どうやら俺の顔を見て、俺の声を聞いたら、安心して緊張が解けてしまったようだ。

夏葉さんが育ててきたスーパー遊々は、俺の登場によって魔法が解けたように元に戻ってしまったのだった。

「ま、またゼロから叩き込むのか……」

「ファイト夏葉ちゃ！　橋汰に負けるな！」

夏葉さんはカエラに背中を叩かれると、きっと俺を睨む。

「上田ァ……いいよ、望むところだオラァ！」

「お、俺が悪いんですか⁉」

「あんた空気読みなさいよ。もうどっか行ってなさい」

「ひどい！」

「えへえへ……うたみそ辛辣ラーメン」

「は、流行らせないわよ！　絶対阻止してやる！」

旅館バイト二日目も、人々の情念が謎に交錯しながら、騒々しく過ぎていくのだった。

時刻は三時前。客室清掃がない分、二日目の仕事は初日よりも早く切り上がった。

団体客が帰ってくれば夕食時の配膳などの仕事はあるが、それまではフリータイム。

昨日はこの時間を使って海へ遊びに行っていた。だが本日も同じメニューでいいかというと、全員がそうは思っていなかった。

「流石にもう海はいいわ。今日はゆっくり過ごしたい気分」

「えへえへ、うたみんに同じ……」

仕事を終えた俺たちは、一旦男子部屋に集合していた。ただしカエラはひとり遅れている。なのでひとまず五人でこの後の予定を話し合っていた。

宇民と遊々は、海遊びは昨日のでもう十分とのこと。

昨日も今日も働きづめなので、その気持ちは分からなくもない。改めて考えるとインドア派にはなかなかにハードな一日半だったと言える。

「おいおいせっかく海に来たんだから、堪能しまくろうぜ！　海をもっと浴びようぜ！」

対するスーパーアウトドア男こと徒然はこの通り。

海なし県民だからこそ、この大洗にいる限りは海を感じたいのだろう。その気持ちもまた、分からなくもない。

ちなみに俺と龍虎は今のところ、どっちつかずというスタンス。ただ龍虎も体力があるわけではないので、本音は宇民らと同意見なのだと予測できる。

ここでひとつ、俺は宇民に尋ねる。

「ちなみに宇民は、この時間で何かしたいこととかあるのか？」

「あるわよ。せっかく大洗に来たんだから、聖地巡礼したいわ」

この発言に遊々と龍虎はハッと顔を晴らす。徒然は首を傾げていた。

宇民の言いたいことはよく分かる。

　実はこの大洗はとある人気アニメの舞台であり、町をあげて観光誘致にも繋(つな)げている。有名なスポットがいくつかあり、ファンはこぞって聖地巡礼しているのだ。

「えへえへ……実は私も行きたかった……」

「ぼ、僕も……誰(だれ)か言ってくれるかなって」

　遊々と龍虎は目を輝かせている。どうやら聖地巡礼に行く気満々らしい。

　俺ももちろん当アニメは観ていたし、聖地巡礼には興味がある。ただし徒然はまったくピンときていないようだ。

　このまま俺も行くと言えば「俺を仲間外れにするな！」と叫び、マジ泣きするだろう。それは流石にかわいそうだ。

　それにきっとカエラも徒然側だろう。ならば俺が選択すべきなのは……。

「俺、そのアニメ観てないんだよなー」

「はぁウソでしょ？　あんなに盛り上がったのに？」

「タイミング的にな。一話逃して、そのままスルーしちまったクチだ」

　宇民・遊々・龍虎は「あぁ～」と納得。あるあるだよね。ホントは観たんだけどね。

「見てないアニメの聖地を巡礼しても仕方ないしな。俺は徒然と海行くわ」

「おお、流石は橋汰！　俺の筋肉巡礼の方が大事だよな！」

「なんだその気持ち悪い日本語は」

徒然のためでもあるが、一番の理由はカエラと同じグループになるためだ。

距離を縮めるという課題はもちろん意識しているが、それよりカエラは真田さんとの件で、気分が落ちていることだろう。俺たちにはけして見せないが。

その心を癒してやらないと。唯一その現場を見ていた俺がすべきことだろう。

せっかくの大洗。聖地巡礼もしたかったが、仕方ないさ。

「橋汰くん……一緒に来ないの？」

「観てないなら、仕方ないよね……」

「うっ……」

遊々と龍虎が心底残念そうな瞳で俺を見上げてくる。

それには大いに心が揺さぶられるが、なんとか堪えた俺は「みんなで楽しんでこい……」とお父さんみたいな台詞を捻り出すのだった。

「ふはは残念だったな！　橋汰は俺の筋肉巡礼で忙しいんだ！」

「絶対しねえぞ、そんな気色悪そうな巡礼」

「別にいらないわよ上田なんて。勝手に筋肉巡礼していなさい」

「負け惜しみか宇民！　どうだ、俺の筋肉に敗北した気持ちは！」

「はぁぁあっ⁉　今ここであんたの筋肉なんてミンチにして……」

「宇民、キレるのか？」

「してっ、しっ……しゅぅぅぅぅぅぅぅああぁぁぁぁぁっ…………キレてないけど？」

「な、なんだ今の！　何かが浄化されたのか⁉」

今のは危なかったな。宿敵・徒然の挑発をよく辛抱したぞ宇民。キレとイキりを我慢するためにすさまじい排熱を要したのか、汗を蒸発させるほど顔が真っ赤になっているが。

「どしたーみんな。なんか今、工場みたいな音しんかった？」

そこへカエラが遅れてやってきた。

ひとまず話はまとまったので、話していたこの後の予定について追って伝える。

するとカエラは、予想外の言葉を口にした。

「あーーーアタシも観てたよ、あのアニメ！」

「……え？」

「大洗が舞台ってマジ⁉　ちょーぜつ奇跡じゃん！　アタシも聖地巡礼行きたい！」

「えへえへ、カエラちゃんもこっちだ……」

「意外ね。でもじゃあこれで、グループ分けは済んだわね。そっちは男同士ムサ苦しく、筋肉巡礼していなさい」

「…………」

想定外の事態に、言葉を失う。思考が止まる。

そんな俺の肩をポンと叩く徒然。なぜかもうすでに、上裸である。

「橋汰……巡礼、しよっか？」

俺は泣いた。密かに、トイレで泣いた。

＊＊＊

「……で、結局お前とサッカーかよ」

「がははは っ、いいじゃねえか！　砂浜でサッカーなんてなかなかできねえぞ！」

昨日に引き続きやってきた入り江。

昨日は水着姿の女子三人とメスガキが華やかに彩(いろど)っていた砂浜。しかし今俺の目に映っているのは、青い空、白い砂浜、筋肉キノコの海パン姿。

俺が何したん？

ありのままの姿になった俺たちは砂浜で身体を焼き、沖まで競争し、現在は濡(ぬ)れた身体もそのままにバレーボールでサッカー。ふたりだけでボールを蹴(け)り合う。

聖地巡礼もしたかったし、カエラと一緒にいたかったが……まぁいいか、たまにはこういうのも。カエラも遊々たちと聖地巡礼することでリフレッシュするかもだし。

「そういや真田がケガしたんだってな。中庭で見かけたわ」

「ああ……って、真田さんのこと覚えてなかったんじゃないのか？」

「昨日カエラに言われた時はピンと来なかったけど、今朝思い出したわ。確かにカエラのチームにいたな。何ならカエラよりずっと上手かったわ」

徒然の中でも、カエラはあまり上手くないという印象だったのか。素人目に見たら徒然もカエラも上手く見えるんだけどな。

「真田さんは徒然のこと覚えてたぞ」

「へー。ってかなんで橋汰がそんなこと知ってんだよ」

「さっき少し話した」

「マジかよ！　夏葉さんにバレたら去勢されんぞ！」

「バレたけど、この通りまだ生えてるよ。ちょっと事情があったしな」

「んだよー。じゃあ俺も誰かに話しかけちゃおうかなぁつって」

「やめとけ。去勢は冗談にしても、バレた時はマジで怖かったぞ夏葉さん」

「だろうなぁ、じゃあやめとくかー。そもそもサッカーやってる女子とは絶対上手くいかねえだろうし」

徒然はそう言って大笑いする。その足で器用にリフティングしたのち、ボールを高く高く蹴り上げた。

「徒然は、サッカーに未練はないのか？」

「流石にもうねえよ。どうにもならねえことを、いつまでもウジウジ考えてらんねえ」

少し前に、俺は徒然に聞いていた。

なぜサッカー部に入っていないのか。なぜサッカーを続けていないのかと。

これだけサッカーを愛している男が足を洗ったのだ。何らかのネガティブな事情があることは明らか。ゆえに聞く時は少し勇気が必要だった。

徒然はすんなり教えてくれたが、それはやはり愉快な話ではなかった。

中学三年時の公式戦にて、徒然は相手選手と激しく接触し頭を強く打った。それにより右目を負傷。それ以降、目の焦点が合いにくくなった。

回復した今では、普通に生活する分には問題ない。こうして遊びでサッカーをしたり体育で運動したり泳いだりするのは可能だ。

しかし激しい運動を続けていると、また同じような症状が視界を襲うのだという。

それは捻挫（ねんざ）や骨折のように、時間をかければ治るというものではない。手術などをしても、どうにもならない。

それにより徒然は、中学でサッカーをやめた。

「まーあのまま続けたとて、プロになれるとは限らなかったしな。ガタイがいいだけで特別上手かったわけじゃないし。カエラほど下手（へた）でもねえけどな！」

ガハハと徒然は大口を開けて笑う。

カエラが言うには、ケガをしてからの徒然は相当落ち込んでいたと言う。今の陽気な姿からは考えられないほどに。

現実を受け止めるまでに、一体どれほどの葛藤と苦悩を重ねてきたのだろう。

今ではこうして笑えている。ただ心の奥底でどう思っているのかは定かでない。

だが徒然があぁして笑顔を見せるなら、何も言わず笑ってやるのが友達というものだろう。

「せっかく男クセェ世界から足を洗えたんだ！　俺は青春してぇよ！　甘酸っぱいやつをよ！」

「あー、それは確かにしてぇなぁ」

「恋してぇぇぇッ！　俺は恋がしたいんだぁぁぁぁぁッッ！」

海に向かって咆哮（ほうこう）する徒然。その音圧にビビってか、岩場にいたウミネコ数羽が一斉に羽ばたいていった。

徒然の大いなる願いが叶（かな）うかどうかはさておき、俺はカエラの話題を振ってみる。

「カエラもサッカーをやめるって聞いた時、徒然はどう思ったんだ？」

「あー、どうだろうな。ド下手だったけどいつも楽しそうにやってたから、高校生になっても続けるとは思ってたな」

「それは真田さんも言ってたな。カエラはチームの太陽だって」

「太陽ぅ？　なんだそりゃ。カエラはカエラだろ」

意味を理解しているのかいないのか、徒然はそう言って笑う。

「徒然からはそう見えなかったのか？　カエラがムードメーカー的な存在には」

「流石に敵チームの内部事情までは知らねえよ。サッカーにムードメーカーなんてポジションはないしな。まぁ誰よりも自由にやってたのは確かだけど」

「そうか、そういうもんか」

そこで徒然はふと、思い出すようにこう言った。

「正直カエラがやめたことよりも、やめた理由の方が驚いたけどな」

「へえ、なんで？」

「向こうのチームに、女子と男子が比べられる風潮ってのがあったのは知らねえけど、カエラがそういうのを気にしてるとは思わなかった。だって男子と比べる以前に下手だし」

「それすげえ言うな」

「事実だからな。真田の方が気にしてるならまだ分かるけど。あいつは確かに上手かったし」

「へえ、男子に負けないくらい？」

「うーん……どうだったかなぁ」

徒然は必死に思い出そうとしているのか、指でこめかみをグリグリと押し込む。

記憶が不明瞭なのかと思ったら、論点は別のところにあった。

「分っかんねえなぁ……そもそも俺、試合中に相手を男子か女子かで分けてねえし」

「……なるほどな」

ひとつ、腑に落ちたことがある。

これまで徒然との会話にて、あまり噛み合わなかったり、共感を得られなかったりすることがたまにあった。違和感は覚えど、その原因を考えることはしなかった。

しかし今、やっと分かった。

徒然には偏見がない。その主張には何のバイアスもかかっていないのだ。

相手チームに女子が交じっていても、男子と同様にイチ選手としてカウントしていた。

それにかつて陽キャ陰キャの線引きについて話した時、そもそも陽キャ陰キャという言葉を知らなかった徒然は、こんなことを言っていた。

『あーーー分っかんねぇよ！　俺そんな風に友達を分けたことねえもん！』

この言葉がすべてだ。

徒然は世間一般が作った線引きを意識せず、偏見も先入観もなく他人を見ているのだ。

そんな人間が、この世にいるんだな。

「なんか……お前には一生敵わない気がしてきたわ」

「おお？　なんだ、よく分からんが褒められてんのか？」

「ああ、わりとマジで褒めてる」

何をもって褒めているのか。徒然はしつこく聞いてくるもんだから、俺は素直に答えた。

偏見のないお前の意識が羨ましいと。

するとと徒然はとても得意げな顔で、己の右目を親指で指しながら、堂々と言い放つ。

「この目で見たものしか信じねえって、俺は決めてんだ！」

他人を見定めるための焦点だけは決してブレない。

それが徒然という男なのだ。

＊＊＊

海でめいっぱい遊んだのち、近くの商店で買い食いなどをしていたら、あっという間に空は夕焼け色に染まっていた。

旅館に戻ると、遊々やカエラたちはすでに聖地巡礼から帰ってきていた。女子部屋でグッズなどを広げ、四人とも充実した顔だ。

カエラも、真田と不穏なことがあったとは思えないほど晴れやかな顔をしている。どうやらかなりリフレッシュできたようだ。

悩みや不安なことがあっても、あっという間に自己解決して前に進む。それがまた陽キャの陽キャたる由縁なのではないだろうか。

流石は、どこへ行っても陽気を振りまく太陽の少女である。

その後は昨日と同様に、団体客が帰ってきてから配膳などをこなし、二日目も無事に終業。

みんな昨晩ほど疲労困憊（ひろうこんぱい）ではなかったため、夜はカードゲームに興じる。

「大貧民に決まってるだろうが！」

「いやシンプルにババ抜きしか勝たん！」

「トランプエアプ民しかいないの？　ブラックジャック一択でしょ」

「えへえへ、七並べ……」

「ぷぷぷ～♪　ポーカー以外はすべて子供の遊びなんですけど～～～♪」

「いっそウノやるか！」

「余計な選択肢を増やすなアホキノコ！」

「あんたは部屋の端で素数でも数えてなさい」

「俺を仲間外れにするなぁぁッッ！」

ゲームの内容は右の通り、平和的に決定。

「ウノォオオオオオッ！」

「いや二枚持ってんじゃねえかアホキノコ！　これペナだろペナ！」

「ヤバくね⁉　ウノちょーぜつ熱くね⁉　ドローツー」

「えへえへ、ウノ楽しい……ドローツー」

「よ、四枚かぁ……あ、ドローツーあった♪　ざーこざーこ♪」

「みゃあぁぁぁぁぁぁっ！」

結果的には全員がやりたがったカードゲームをすべて網羅。

考えるべきことやクリアすべき課題は頭の片隅にあったものの、遊んでいるうちにそれらは意識の外へと追いやられた。

なぜならカエラの表情には、何の陰りもないように見えたから。

なのでその時は俺も、ただ楽しい夏の一夜を過ごすことに夢中であった。


布団に入ったのは日付を跨いだ頃だ。

畳と布団の匂いが郷愁をくすぐる暗闇の中、聞こえてくるのは龍虎の寝息、徒然のイビキ、そしてかすかな波の音。

「…………」

肉体的な疲労が眠気へと変換される最中、俺はふと思った。

本日もカエラと、あまり長い時間ふたりきりにはなれなかった。

寝て起きたら最終日。昼前に団体客を見送って、大浴場の掃除や客室清掃を完了させれば、俺たちも旅館を後にする。そうして二泊三日の旅行バイトは幕を閉じる。

カエラと話したいことはいっぱいあった。距離を縮めたかったし、何より真田さんとのことも聞いてやりたかった。

そうだ。なぜカエラは真田さんとの遭遇に微妙な反応をしたのだろう。

あの時カエラは何を思っていたのだろう。

カエラがサッカーをやめた本当の理由は何なのか。真田さんの言っていた、込み入った事情とは何なのか。

太陽のような彼女は、一体どんな暗がりを抱えているのか。

このまま眠れば、その疑問は俺の中で希薄になってしまう気がする。

カエラと真田さん、当人同士で解決するだろう。時間が解決するだろう。その頃を知らない俺がしゃしゃり出る必要はないだろう。

そんな思考と行動からの逃避が、俺の心をやんわりと支配してしまう、そんな気がする。

でもだからといって俺に何ができるのか。

カエラと真田さんの仲を取り持つか？　事情を知らないのに？

無理やりカエラから聞き出すか？　傷を掘り返すだけなんじゃないか？

そもそもカエラは助けを求めているのか。

かつての遊々のように、何か異変を見せているか。俺にSOSを出しているか。

あるいは陽キャなカエラは、自分で解決するのではないだろうか。

『――いますか？　聞こえていますか？』

この声は……イマジナリー小森先生？

『私は今、あなたの前立腺に直接語りかけています』

どこに語りかけとんじゃ。心に来いや。

『何かお悩みのようですね』

そうですよ、悩んでますよ。

俺はカエラが好きです。カエラに救われた自覚があります。

だからもしカエラが迷っていたり、ツラい思いをしていたら、寄り添ってその問題を解決するために全力を尽くすつもりです。

でも、カエラは俺を必要としているのでしょうか。

だって真田さんにあんなことを言われたのに、カエラはビックリするくらい普段通り明るく振る舞っているから。仕事の時も、トランプをしていた時も。

もしかしてカエラにとって必要なのは、寄り添う相手じゃなくて、気にせず隣で笑っていてやるヤツなんですかね。

『上田くんの目には、そう見えたわけですね』

はい、その通りです。

『目に見えたものだけを信じる。それは小笠原くんにとっては紛れもなく長所です。ただ上田くんに限っては、そうではないでしょう』

どういうことですか？

『小笠原くんはそもそも偏見や先入観を相手にはしない。ですが上田くんは、それらの存在を心のどこかで認めてしまっている。だから今、あなたの意識は偏見に毒されかけている』

毒されている？　俺が？

『あなたは偏見や先入観を認識した上で、自分の中でもう一度噛み砕いて、自分なりの答えが出せる人間です。それが上田くんの長所だと私は考えています』

結局何が言いたいんですか？

『目に見えないものを見るのです。誰よりも考えることができるあなたは、常に考えて考えて考え抜いて、目に映ったものの裏にある、目に見えないものを読み解くのです』

なんか怪しい宗教みたいになってませんか。

『イマジナリーどうこう言ってる時点でだいぶキテるかと』

そりゃそうだ。

脳がふわふわとする。いよいよ俺はヤバいのだろうか。イマジナリー小森先生とこんなにも長く会話してしまって。

『私はあなたの心が生んだ小森先生です。ゆえに私との会話は、より深層に近い自己との自問自答です。なのでお気になさらず。でもフルーツサンドは持ってきてくださいね』

イマジナリーになっても現金だな。

『最後にひとつ。砂浜にて、小笠原くんはとても良いことを言いました』

なんですか？

『カエラはカエラだと。その通りでしょう』

最後に一言囁いて、イマジナリー小森先生は消えていった。

『なぜなら人は、太陽になんてなれないのですから――』

＊＊＊

「――ん」

目が覚める。

カーテンの隙間からは朝日が差し込んでいた。龍虎と徒然はぐっすり眠っている。

スマホを確認すると、時刻は六時前。昨日一昨日と早朝起きを続けたせいか、こんな時間に目を覚ましてしまった。

再び目を閉じても眠れない。

というより、どうしてか眠ってはいけない気がした。

そうして俺はこっそりと、まるで何かに引き寄せられるように、部屋を出た。

「……え？」

中庭を望む縁側。昨日真田さんが座っていた場所にいたのは、金髪のギャルだ。

「びっっっくり……なんでキョータが？」

「なんか目が覚めて。散歩にでも行こうかと通りかかったら、カエラの金髪が見えたから」

「あー、バチボコ目立っちゃうよねん。このアースカラーに囲まれたら余計にねん」

カエラは両手で頭を押さえながら、舌を出して微笑む。まるで実写作品にアニメキャラが登場したかのように、カエラは背景に広がる中庭の草花から浮いていた。

「こういう時間によく会うな、俺たち」

そう言って俺はカエラの横に座る。隣から「確かにぃ」とネットリした声が届く。

「キョータの家に泊まった時もあったよねぇ。もしかしてアタシって環境が変わると寝られないタイプちゃん!?」

「じゃなくて、心がやられちゃった時、変な時間に起きるタイプちゃんなんだろ」

「……ちゃん」

カエラは情けないような憎らしそうな顔で俺をジッと見つめたのち、かろうじて「ちゃん」を絞り出していた。

目に見えないものを見るということ。

カエラはたとえ苦悩していても、それを表に出さない。誰にも気づかせないくらい、心の底から楽しんでいるフリができる。まぁ実際楽しんではいたのだろうけど。

それはウチでのお泊まり会でも散見されたカエラの本質。そんなことも忘れていたなんて、俺も旅行で浮かれすぎていたようだ。

「真田さんだけど……」

「いーよ！　だいじょぶだいじょぶ！」

俺の言葉を遮ってそう言うカエラには、一切の陰もないように見える。

「ちょっと昔のゴタゴタがあってさ、真田とああいう感じになっちゃったけど……でも時間をかければいつか笑い話になるからさ！　その時になったらキョータにも話すよ！」

「………………」

「せっかくのりょこバイトなんだし、メンドーなこと考えず楽しもーや！」

「やめろその顔」

「え？」

その笑顔には少しもネガティブの色が見えない。だからこそ、腹立たしい。

「今ここにいる時点で大丈夫じゃないだろ。なのにそんな顔で『大丈夫』だなんて言われると、これ以上踏み込んでくんなって言われてるみたいで、悲しくなんだよ」

「………………」

俺の視線から逃げて、口を閉ざすカエラ。

ふと俺は、周囲を見渡す。

こんな時間だが、もしかしたら誰か通りかかるかもしれない。

そんな場所では、本当の言葉は吐き出せないか。

「……そういや、一昨日サップやってる時にカエラ言ったよな。陰キャが羨ましいって」

「え、あ、うん」

「じゃあ——陰キャっぽい扱いをしてやるよ」

「え……？」


数分後、俺は女子部屋前の廊下で静かに待っていた。

旅行バイト最終日、窓の外は夏らしい快晴。三日とも天気に恵まれて本当に良かった。

「準備できたけど……」

忍び足で、女子部屋から出てきたカエラ。見覚えのあるトートバッグを携えている。それは一昨日、海水浴に行く際に持っていた物だ。

「よし、それじゃ……」

「んん、どうしたのカエラ……え？」

思わず体がビクッと震える。気配を察してか、宇民が起きてしまったようだ。

廊下で合流した俺とカエラの二人組を前に、目を見開き、息を呑んでいる。

「上田とカエラ……どこか行くの？」

「ああ、海にな」

「海……こんな朝早く？」

「変な時間に起きたもん同士、中庭でたまたま会ってな。なんか話の流れで朝サップしようぜってなったんだよ」

「……ふーん」

「だから夏葉さんとかに聞かれたら、俺たちは海に行ったたって言っておいてくれ」

饒舌に話す俺と、一言もしゃべらないカエラ。

その不自然な光景を見て宇民は怪訝な、そして唇を嚙みしめるような表情を見せる。

それでも、俺の頼みには小さく頷いた。

「……分かったわ。気をつけなさいよ」

そう言って女子部屋に戻っていく宇民。

最後に見た横顔は、どこか泣きそうに見えて、心に小さくないトゲが刺さった気がした。

毎度お馴染み、地元の人しか知らない入り江に到着。これで俺は三日連続で来たことになる。どんだけ海好きなんだよ。

互いに小屋で水着に着替えた後は、サーフボードとパドルを抱えて海へ向かう。

「わっ、思ったより冷たくない。早朝なのに」

「サーフィンする人とか、これくらいの時間には波に乗ってるらしいからな。でも寒いと思ったら無理すんなよ」

「無理やり連れて来たくせーにー」

「確かに」

小さく笑い合う俺たち。

せっかくの早朝サップだ。楽しまなきゃ損だとカエラも分かっているのだろう。

俺とカエラはスムーズにサーフボードの上に立ち、パドルで漕(こ)いでゆっくりと沖を目指す。

波はそこまで高くなく、潮の流れは大河のように穏やかだ。

「んにゃー、気持ちいいっすねぇ」

「景色も最高だな」

朝日で照らされた海は銀色に輝き、どこまでも広がっている。

この光景をカエラと見られただけでも嬉しい、と言いたいところだが、目的は別にある。

かつて龍虎や遊々の本音を引き出すために、使用した手段。

陰キャはふたりきりの状況になれば、本当の気持ちを吐いてくれる。

龍虎と遊々は進路指導室だったが、今回は大海原。沖まで来ればもはや俺たちだけの世界と言っても過言でない。遥か先でサーフィンしている人影が見えるくらいだ。

「にゃるほどねぇ……そうやって龍虎くんとゆゆを懐柔(かいじゅう)したわけか、貴様……」

パドルを漕ぎながら、ここへ連れてきた意図を語ると、カエラはそう言ってニヒルに笑う。

「人聞き悪いな」

「そんで今度は、アタシが懐柔されちゃうわけか」

「そりゃカエラ次第だろ」

「アターシーしだーいー、うみーはーひろーいー」

突然披露されたカエラ作詞作曲の謎歌に聞き入っていると、あっという間に砂浜は遠ざかっていく。岩場が豆粒くらい小さく見えてきたあたりで、俺たちはパドルを引き上げた。

そうして俺はサーフボードの上で仰向け、カエラは体育座りして、しばし波に揺られる。

そこで俺は、そういえば話していなかったことをカエラに告げる。

「昨日さ、真田さんと話したんだ。真田さんが旅館に帰ってきた後で」

「え……マジで？」

「うん。たまたまだけど、さっきカエラと遭遇した中庭の縁側に座ってて。スッゲー落ちてる様子だったから、話しかけずにはいられなかったよ」

「マジかー……」

真田さんには少し悪いが、俺はその時の会話をかいつまんでカエラに明かした。

大事な試合直前だったこと、カエラに八つ当たりしたことを後悔していること。

そして再会した時のこと。本当は嬉しかったのに、カエラが微妙な顔をしているのを見て、つられて真田さんも変な空気を作ってしまったと。

サーフボードの上で体育座りするカエラは、視線を海へと落としながら、俺の言葉を聞いている。時折おでこを膝にゴンゴンと当て、自戒していた。

「はぁーほんま……アタシうんこだなぁ……」

すべて聞き終えたカエラの第一声は右の通り。うんこらしい。

目が虚ろになるほど後悔しているその姿があまりに不憫で、俺はとっさに、真田さんが口にしていたカエラへのチームでの印象も明かす。

「中学の頃のカエラのことも聞いたよ。いつも楽しそうにプレーしてたって」

「そりゃま、楽しかったっすからね！」

「男子とも普通にやりとりしてて、チームを明るくするムードメーカーだったとか」

「あー……」

「カエラはチームの太陽だったたって」

「…………」

「……カエラ？」

褒め言葉のはずが、カエラの顔はより曇っているように見える。

身体を起こしてその表情をよく確認しようとするも、カエラは逃げるようにそっぽを向く。

そして、こう呟いた。

「……キョータも、そう思う？」

「何が？」

「アタシのこと、太陽だとか……」

俺は、少し答えに迷った。

カエラはサッカーをやめても、どこかで誰かの太陽になっているはず。そういう人間だと、真田さんは言った。

その時は俺も同感だった。今カエラは、俺たちの太陽になっているのだと。

だが、もしかしたらそれもまた先入観なのではないかと、とあるふたりの主張から俺は感じるようになっていた。

『太陽ぅ？　なんだそりゃ。カエラはカエラだろ』

『なぜなら人は、太陽になんてなれないのですから』

まぁひとりは俺の心の中の存在だけど。

カエラはもしかしたら、そこにコンプレックスがあるのかもしれない。

だからこそ俺は、迷った末に……。

「そう思ったこともあったけど……でも人は太陽にはなれないからなぁ」

また台詞をパクった。

するとカエラは顔を上げる。久々に目が合った気がした。

その瞳は、うっすら潤(うる)んでいる。それでも口は閉ざしたまま、への字になっている。

「なぁカエラ、教えてくれよ。真田さんと……いや中学時代のチームで、何があったんだよ」

「…………」

また視線が逸れる。カエラは無言で俯き、深い青色の海をじっと見下ろした。

ただ、波の音を聞きながら静かに待っていると、カエラはポッポッと語り始めた。

「前も言ったけどさ……アタシのいたチームね、女子が学年に三人くらい、合計十人はいたんだけどさ……なんとなーく男子を優遇するような雰囲気があったんだ」

「うん」

「女子はみんな不満を持ってたし、男子の中にもおかしいって思う人はけっこういたと思う。サナとかはホントに、男子にも匹敵するくらい上手かったしね。だからここはアタシが言った方がいいと思ったんだ。アタシってチームの太陽って言われるくらいだから、コーチにも気兼ねなく言えるタイプだったし。かる～いノリでコーチに直談判してみたんよ。それが中三になったばかりの頃かな」

話し続けるカエラの語気は、だんだん弱くなっていく。

まるで、より闇が濃い洞窟の奥へと進んでいくように。

「でもそれがさ、思った以上に大ごとになって。保護者とかも巻き込んだ騒動になっちゃったんだ。コーチVS保護者だけじゃなく、保護者VS保護者にもなったりして」

「うわ、キツいな……」

「うん、あの時の雰囲気は本当にヤバみだった。しかもそのうち、チームの中まで不穏な感じになり始めてさ……最初はなんとかしようと思って空元気で頑張ったんだ。だってチームの太陽って言われてたからね」

カエラはその言葉を、どこか自虐的に使う。

「でも、どんなに頑張っても無理だった。チームの方が良くなりかけても、保護者の空気は、アタシじゃどうにもならんのよ。遠くにいても伝わるんよねぇ、観客席の変な雰囲気って」

「ああ……わかるよな、大人のそういう空気って」

「うん……で、そのせいでチームの雰囲気もまた逆戻りしたりしてさ。だからアタシは、最後の大会の前にチームをやめたの。原因を作っちゃったのはアタシだし。実際、保護者の一グループは、明らかにアタシを敵対視してたし」

あっけらかんと、キツいことを言う。しかし悲しきかな、そんな大人が少なからずいることは、子供の俺でも知っている。

「アタシって太陽だから、ムードメーカーだから。チームのためにできる最後の行動がそれなんだって思ったら、わりと自分でも納得できた。太陽の仕事はここまでだぜっつって」

「…………」

「高校でもサッカーやるつもりだったけど、その件でやんなちゃった。それにギャルギャルした恰好(かっこう)で、普通の女子っぽく生活すんのにも憧(あこが)れてたし。サッカー以外にも楽しいことっていっぱいあるし。友達だっていっぱいいるし。だからスパッと切り替えて、前を向こうとしてたんだ。あの時のことは忘れよって思ったんだ。でも、でもさ……」

そこでカエラは顔を上げ、弱々しい瞳で、俺を見た。

「キョータが……あんなこと言うから……」

「え？」

カエラの過去話だったはずが、唐突に俺が登場して困惑。しかもまったく身に覚えがない。カエラをそんな顔にさせるようなこと、俺がいつ言ったのか。

「あの、プレゼンで……」

「プレゼン？　陽キャ陰キャの？」

「うん……あの時キョータ、言ってたでしょ。『陽キャは陽キャらしくしないといけない』みたいに考えるのは、悲しいことだって」

「あぁ……言ったな」

あのプレゼンにて、俺の主張はこんな着地をした。

一番よくないことは、カテゴライズに迎合することだと。陰キャだから、目立たないようにしなきゃいけない。陽キャだから、いつでも明るくしていなきゃいけない。そうやってカテゴライズの檻に囚われて、こうしたいよりも、こうしなきゃいけないを先行させてしまうのは悲しいことだと。

もちろんそれは、遊々のために言った言葉だった。

しかし教室の片隅で、密かにその主張が刺さっていた子がいた。

それは、いつでも俺たちに笑顔を振りまく、誰よりも陽キャを象徴するような女子だった。

「それを聞いた時ね、思い浮かんだのは……コーチに直談判した時とか、チームの変な雰囲気を良くしようと頑張ってた時とか、やめた時のことだった」

そのすべてが思い返せば、『太陽』的な行動だった。

「もしかしたらアタシはあの時、知らず知らずのうちに、自分の『役割』を意識したんじゃないかなって……みんなが作ったキャラに乗っかっちゃったんじゃないかって。ほんとはアタシだって、弱音を吐いたり、泣いたりしたかったのに。最後の大会にだって、出たかった」

「……そうだよな。そりゃそうだよ」

「そもそもアタシはいつだって好きにサッカーをしてただけで……チームを明るくさせようなんて意識はなかったはずなのに……いつの間にか、そういう『役割』なんだって、無意識に思い込じゃってたんだ……」

そしてそれに気づかせたのが、俺のプレゼンだった。

「俺のプレゼンから自分の本心に気づいて、そんな矢先、真田さんと偶然会ったから……」

「うんっ……とっさに、微妙な顔しちゃったんだろうなぁ……」

カエラの声が震えていく。じんわりと涙色に染まっていく。

自由に生きているつもりなのに、いつしか無意識に、自由ではなくなっていた。

カエラにとって『太陽のような存在』というのはポジティブなイメージだったはずが、それが逆に、カエラを縛るバイアスになっていたのだ。

「みんなさぁ……アタシのこと、チームの太陽とか言って……もちろんそこに悪意はないことは分かってるけどさぁ……アタシもフツーに褒め言葉として受け取ってたんだけどぉ……でもほんの少しだけ、ビミョい気持ちもあったんだっ……」

「うん」

「でもその時は、そのネガっぽい気持ちをうまく言葉にできなくてさぁ……それに否定しちゃうと、変な空気になるだろうから言えなくてさぁ……」

そこでもまた、太陽としての意識が働いてしまった。誰にも分からない小さな悪循環。

「でも今になって……キョータのプレゼン聞いて、いっぱい考えて……やっと分かったんだ。アタシがみんなに、ずっと前に、言わなきゃいけなかったことっ……」

青き大海原の上で、カエラは大粒の涙を流しながら、叫んだ。

「アタシ太陽じゃねーしっ、人間だしぃ……っ！」

大声を上げて、涙と鼻水で顔をぐちゃぐちゃにするカエラ。

しかしここは海の上。誰も見ていないし、聞いていない。ゆえに涙は止まることなく流れ続ける。「あぁぁぁ……」と情けない泣き声を上げ続ける。

それは太陽でも陽キャでもない、ただの十六歳の女の子の、ありのままの姿だ。

俺はそれを見ないように、しばらく仰向けで、ゆっくりと流れる夏雲を眺めていた。

俺の中にある罪悪感と不甲斐(ふがい)なさも、一緒に連れて行ってくれればなんて、心で小さく願いながら。そしてそれを、自虐的に笑いながら。

夏の朝の海の時間は、ゆっくりと過ぎていった。

「――自由に生きてるつもりだったけどさ」

グスッと鼻を啜(すす)る音を追って、声が届く。

見ればカエラは、目を真っ赤にしながらも、少しは落ち着いたらしい。

「全然自由じゃねーよって話よね」

「な。自由に生きるって、口では簡単に言えるけど、実はすごく難しいことなのかもな」

遊々はまさにそれに直面していた。陰キャでも陽キャでも、自由に目指したい方を目指せと言われても、急には決められないものだ。

でも本当の自由を手にする難しさは、陰キャでも陽キャでも同等なのだ。

「そういや結局、なんでカエラは陰キャが羨ましいなんて言ったんだ?」

一昨日、ちょうど同じ海の上で、カエラはそう言っていた。

カエラは、少し恥ずかしそうに答える。

「……だって橋汰って、陽キャは自分で全部どうにかできる人みたいに思ってない？　悩んでいても勝手に自己解決して、寄り添わなくてもいい人みたいな」

「あー……」

耳が痛い。ほんの数時間前まで、そんな先入観が俺の中にあった。

「だから、ゆゆゆとかうたみんとか龍虎くんのことをいつも気にかけてるくせに、アタシにはそういうのないからさ……って、言わせんなよぼけぇ！」

「いや、ごめん……そうだよな」

本当にもう、カエラの予想通りだ。

俺はカエラのことが好きだと言っておきながら、理想に近い偏見を抱いていた。もしも遊々たちと同じようにカエラのことを気にかけていれば、もっと早くその悩みを取り除けたかもしれない。

ダメだな俺は、本当に。

「キョータ反省してるぅ？」

「ああ、マジでしてる」

「ホントに⁉」

「ホントだって」

「じゃあさ……アタシにもゆゆゆたちみたいに、なんか宿題ちょーだいよ」

「え？」

「アタシは知ってんだぞ！　この旅行の間、ゆゆゆとうたみんと龍虎くんになんか楽しそうな計画をやらせてること！」

「ええ……？」

遊々のファッション陽キャ化計画、宇民のイキらない計画、龍虎のメスガキ化計画。

そのすべては水面下で行っていたつもりだったが、カエラにはバレていたようだ。きっと俺の知らないところで三人に聞いたのだろう。

しかし、俺がカエラに課題を課すなんて……。

「そもそも、もう旅行終わるじゃん」

「旅行中じゃなくて、夏休みの宿題にするし！」

「マジか……宿題っつっても、カエラはどうなりたいんだよ」

「キョータみたいになりたい！」

なんか最近聞いたフレーズだな。

「具体的には？」

「けっこう前だけど、キョータ言ってたじゃん。『オレァお前と違ってよォ、陰キャのヤツのこと、分かってやれるんだよね。ハートだよハート』って」

「ダセエな！　誰だよそいつ！」

言い方はアレだが、そのような内容のことは言った覚えがある。

俺は元陰キャだからこそ、同じような思いをしてきた人の気持ちが分かると。

「アタシも分かるようになりてぇの。陰キャも陽キャも関係なく、全人類の気持ちを分かってあげられる器のでっけぇ女になりてぇ。それがたぶん、本当の意味で『太陽みたいな存在』に近づく方法だと思うから」

太陽みたいな存在。その言葉に俺は疑問を抱く。

しかしカエラがそれを見透かしたように、俺が尋ねるよりも早く告げた。

「あの時は、アタシの感情とみんなの期待にズレがあったから、『太陽』ってのに抵抗あったけど……でも今は、そんなに言うなら目指したいじゃんって気持ち！」

「そうなのか」

「だってどうあがいてもさ、自分と他人の印象ってズレるじゃん。だったらそのズレを小さくした方が得じゃね？」

「まぁ、確かに」

「だからアタシは太陽を目指す女になる！　これがアタシなりの自由な生き方な気がする！カッケーくね？」

「ああ、カッケーな。でも無理すんなよ」

「だいじょぶ！　しんどくなったら今日みたいに、キョータに助けてもらうし！」

「ああ、そうだな。助けてやるよ、いつでも」

カエラは「よろちゃん！」と言って歯を見せて笑う。

涙の跡が浮かぶ頬に、ほんのり紅が差していた。

「だから、アタシは陰キャになりたい！」

「陰キャの気持ちを学ぶために、ってことか」

「そゆこと！　陰キャ陽キャなんて言葉はキライだけど、ならんと分からんことあるしね！」

カエラ陰キャ化。これはまた壮大な計画が始まった。

そもそも陽キャ中の陽キャであるカエラが、陰キャになんてなれるのだろうか？

そろそろ砂浜に戻ろうということで、俺とカエラはパドルを漕いで沖から去っていく。

その間、俺はカエラの望みを叶える手段について考えていた。

「うーん、陰キャになる方法……むずいな」

「そーなん？　そもそも陰キャと陽キャって、何が違うん？」

明確にはイメージできるが、言語化すると難しい問題だ。

俺は考えて考えて考えて、嚙み砕いたものをポロポロと言葉にしていく。

「なんというか……ちょっと大げさな話になるけどさ」

「うん」

「陽キャは、他人と多く接して交流を持つことによって、世界を知る人だと思うんだ」

「おお、大げさだ……けど、言いたいことは分かるちゃん。アタシはそうだし」

「対して陰キャは逆に、どんどん自分の中に入っていって、自分とは何かを理解していくことで、自己と他者の対比から世界を知る人だと思う。マクロとミクロ、みたいな」

「んんん？　よく分からん……マク、ミク……なに？　初音マク？」

俺自身でもよく分かっていない理論を前に、カエラの頭は一気にショート。クラクラと頭を揺らしながらも体幹は一切ブレない。流石である。

「まぁつまり陰キャは、ひとりで考える時間が多いってことだ」

そこで思いつく。カエラの陰キャ化計画の草案。

「あえて孤独に身を置く時間を作ったらいいかもな」

「孤独？　ひとりになるってこと？」

「そうそう。ちょっとの時間、友達との連絡を絶ってみるとか。普段なら友達と行くような買い物とかカフェに、あえてひとりで行ってみるとか」

「ええっ、ひとりでカフェ行って何すんの⁉」

「別になんでも。読書するでも物思いにふけってみるでも」

「物思いにふけるってどうやるの⁉」

難解な質問である。

少なくとも俺は、誰かから物思いにふけるやり方を聞いたことはない。

「カエラだって自問自答くらいはするだろ。心の中で自分と会話するというか」

「え、したことないよ……心の中で会話できるの？」

「いや、たぶんしてる人は多いと思うけど……」

それを特別強調した存在が、イマジナリー小森先生と言える。

「いつもは他者と接している時間をちょっとだけ割いて、孤独な時間を作ってみたら、面白いかもな。なんならちょっと後ろ向きに物事を考えてみたりとか。そうすることで自分が何者かが見えてくるんじゃないかな」

「ほぉー……」

カエラは目から鱗をポロポロ落としているような表情。

もしかしたら俺が思っているよりも、カエラにとっては難しい課題なのかもしれない。もう少し優しくて分かりやすい内容にすべきか。

と、そう考えていると……。

「孤独な時間、いいかも！」

カエラは目を輝かせ、やる気マンマンといった顔を見せた。

「確かにカフェとか映画館にひとりで来てる人ってカッコいいって思ってたんよ！　それじゃこの夏休みで、やってみるよ！」

「おお、頑張れ」

「あえて後ろ向きに考える……確かにアリだね！」

「そうだろ？」

「だって前なんていつでも向けるしね！」

「…………」

それでも最後には、すごい陽キャっぽいことを言うカエラであった。


「あっ」

入り江から旅館への帰路。旅館の前にバスが停まっていた。

ちょうどそこに、真田さんの姿があった。彼女は俺たちを確認すると、慌ててコーチらしき女性と会話。時折こちらを指差しているので、「知り合いがいるから話したい」とでも交渉しているのだろう。

そうして真田さんはこちらに駆け寄ってきた。捻挫のためかヒョコヒョコとしている。

「カエラ、よかった……最後に会えた」

「ウェーイ、サナ。もう帰り？　早いねぇ」

「うん。この後は栃木で練習試合だから……それよりカエラ！」

駆け寄ってくる時から、ずっと申し訳なさそうな表情をしていた真田さん。カエラをじっと見つめて告げる。

「昨日八つ当たりした！　ホントごめん！」

「いいってぃいって。それよりアタシも再会した瞬間、変な顔してごめん」

「そんなん気にしてないって」

「いや気にするでしょー。こんな変な顔だったし」

「うわブスーっ！」

変顔をするカエラと、それを見て爆笑する真田さん。一瞬で湿った雰囲気が消え去った。

「まーぶっちゃけサナの顔を見た瞬間、前のチームのイヤーな記憶を思い出しちゃってねぇ。とっさにビミョな顔しちゃったよ。でも本当はサナと会えて嬉しかったんやで。本当やで」

「私も会えて嬉しかったよ……でも良かった。カエラがなんか、幸せそうで……」

「うん！　ちょーぜつ幸せだよ！　アタシは自由だぜ！」

そんな答えが出されれば、真田さんも安堵（あんど）の表情を浮かべるのも当然だ。

きっと今、真田さんの心も幾（いく）ばくか、救済されたことだろう。

「この後ラインするよ、カエラ」

「おおよ、また会お。そういや今度、中学の友達とフットサルすんだけど、サナも来る？」

「捻挫しとるっちゅーねん」

「あはーっ、そうだったスマン！」

「まぁでも時間が合えば、冷やかしくらいは行くわ」

「うん！　サナは早く捻挫治して……埼玉で天下とってこいよ？」

「ひぃー、ダセェーっ！」

陽キャ同士だからというより、このふたりだからなのだろう。昨日まであった不穏な空気は完全に消え去り、今ではテンポの良い会話が繰り広げられていた。

ふと、カエラの後ろでふたりの会話を眺めていた俺に、真田さんが目線を向ける。

「上田くんもありがとよー、話聞いてくれて」

「いやいや、こっちこそカエラのいろいろ教えてくれてありがとな」

「アタシのいろいろってなんじゃい！」

「また会ったら今度はカエラのスリーサイズ教えたるよ」

「やめい！　サナやめい！」

そこで不意に真田さんは、ポケットからスマホを取り出す。

「せっかくだから上田くん、ライン交換しよう。今のカエラの裏情報を教えてくれい」

「ああ、いいよ」

「スリーサイズは教えんから期待すんなよー」

そう言って真田さんは「おらおらぁ」と俺を肘でつつく。

なんかこう、ちょうどいい陽キャのスキンシップって感じでドキドキするな。流石カエラと仲が良いだけあって、運動部の陽キャ感がすごい真田さんである。

「――ううん」

「ん？　なんだ？」

「なんか今、変な音したね。虫かな？」

俺と真田さんがラインを交換しながら視線を向けると、カエラは「そうかもー」と変わらぬ笑顔を浮かべていた。

そうして真田さんはバスの方へ戻っていった。

真田さんはバスに乗り込む時も、出発して窓から俺らを見つけた時も、最後の最後まで満面の笑みで手を振っていた。

「行っちまったなぁ」

バスを見送ると、カエラはしみじみとそう呟く。

「良かったな、帰る前に会えて」

「ホントそれ！　これ奇跡っしょー。アタシとサナはやっぱ運命で繋がってるんや！」

「かもな。ところで、今ふと思ったんだけどさ」

「なにー？」

「前のチームでカエラがコーチに直談判したのってさ、真田さんのためだったんじゃない？」

「…………」

思わぬ質問だったのか、カエラは無言で、感情を隠すような真顔で俺を見つめる。

「……なんで分かったん？」

「だってカエラはずっと、真田さんは男子と同じくらい上手かったたって言ってたし」

自分よりも他人のために動く方が、カエラの行動原理としては正しい気がする。それが仲の良い友達なら余計に。

「な、なに？」

「それと、もうひとつ」

「徒然情報によると、カエラは男子と比べるまでもないくらい、ド下手だったらしいじゃん」

「うるせーーーっ！」

カエラはとっさに俺の尻(しり)を蹴り上げる。

そうして真っ赤な顔で、「徒然にも後でいったらァ……」と呟くのだった。

＊＊＊

起きてきた遊々たちと共に朝食を食べたのち、俺たちは旅館バイトの最後の仕事である、客室掃除と大浴場清掃に取りかかった。

初日はおっかなびっくりやっていた作業も、最終日となれば要領を摑(つか)んでスムーズにこなしていく。そうして昼前にはすべての仕事が終了した。

「オラァ集合したかガキどもォ！」

全作業を終えてロビーに集まった俺たちへ、夏葉さんは変わらずオラオラする。

が、その手で渡されたのは、待ちに待ったものであった。

「はい、給料だ。よく頑張ったな」

「「ひゃっほーーーーっ！」」

手渡された茶封筒に俺たちは歓喜の声を上げる。

宿泊代や食事代などを差し引かれているが、それでも学生の身分では大変にありがたい金額である。尻を叩かれ、去勢に怯え、ラブコメの波動を抑えながらも必死に働いた甲斐があったというものだ。

「自分で働いて得た初めてのお金だろう。無駄遣いすんなよ」

そう告げる夏葉さんの顔には、もう鬼教官のような怖さはない。

海のように大らかな、どこまでも優しい笑顔であった。


俺たちを乗せたバンが大洗駅に到着したのは、午後四時ごろ。

「ほら着いたぞー、起きろー」

夏葉さんの声で、眠っていた遊々や宇民は目を覚ます。

「すみません夏葉さん。午前には仕事終わったのに、昼食だけじゃなく、シャワーまで貸していただいて」

「良いって良いって。思ったよりよく働いてくれたから、サービスだよ」

給料を受け取った後、夏葉さんや板前さんは俺たちのために昼食を用意してくれていた。

しかも、最後にもう一度海水浴へ行きたいとカエラと徒然が言い出すと、俺たち全員の荷物を旅館に置かせてくれただけでなく、海から帰るとシャワーまで貸してくれたのだ。

本当に最高の、旅行バイトであった。

「夏葉ちゃ、マジありがとーっ！」

「へいへい」

「えへえへ、夏葉さん、頑張ります……」

「ああ。背筋を意識して、頭にコップ載せてるつもりで生活するんだよ遊々」

「来年も働きに来ます！」

「もう六人も一気に雇うことなんてないよ。今度は客として来な。それじゃあね」

この後五時から新規のお客さんがチェックインの予定らしい。夏葉さんを乗せたバンは颯爽と、大洗を駆けて行くのだった。

大きな荷物を抱えて駅のホームまでやって来た俺たち。電車はまだしばらく来ないらしい。

六人それぞれ、ベンチに座って話していたり、ホームからの景色を撮っていたり、大洗での最後の時間を過ごす。

俺は、キャリーケースに腰かけるカエラとふたり並んでいた。

「いやー、良いりょこバイトだったなぁ」

「だっしょー？　良い思い出になったっしょー？」

「ああ、海で泳いで、朝釣りして、飯も全部うまかったしな。旅館で働けたのも、今考えれば良い経験だよな。攻守ともに隙がない、最強最高の思い出になったわ。さんきゅーカエラ」

「えへへ〜」

照れ臭そうに笑うカエラを見て、言葉とは裏腹に小さな寂寥感が胸をじんわりと染める。

この旅行の中で俺は、カエラとの距離をグッと縮めたいと思っていた。

しかし終わってみれば、やっとスタートラインになったような気分だ。

旅行にて気づかされたこと。俺はカエラのことを自分とは違う世界観の人間のように見て、無意識に線を引いていた。

大げさに言えば、まるで自分のことを人間だと思っている神様みたいな存在だと、勝手に思ってしまっていたのだ。

『あんたがアクセサリーにしたいってんなら〜……あー青前か！　ありゃ確かに出来のいいアクセだわ〜』

夏休み直前、西島に揶揄されたことを思い出す。

あいつが言ったように、カエラを他の男に自慢するためのアクセサリーにするとか、そういう感情はサラサラない。

だが、同じ人として見ていなかった時点で、似たようなものだ。

いくら距離を縮めたって、憧れのままでは決して、恋愛には発展しないのだ。

「……まだまだだなぁ」

「どったんキョータ」

「まだまだなんだ、俺は」

「そっかぁ。よく分からんけど、キョータは頑張ってると思うよ？」

カエラはキャリーケースから立ち上がり、俺の頭をガシガシと撫(な)でる。俺はされるがまま、そのカラコンが入ったキレイな瞳を見つめる。

神様のような、太陽のような人だと思っていたカエラ。

でも実際は、いっぱい悩んで生きている、俺と同じ人間だった。

根っからの陽キャだが、独り相撲に陥(おちい)ったり、他人からの評価で自己を無意識に縛ったり、誰にでも身に覚えのある青春の痛みを感じて生きている。

そんな一面が今では——むしろ可愛(かわい)く思えてしまう。

大海原で声を上げて泣いたカエラを、ありのままの彼女を、俺は愛おしいと思った。

つまりはもう疑いようもなく、俺はカエラに惚(ほ)れているのだ。

「あっ、ゆゆゆとうたみんズルい！　アタシも写真入る～！」

そう言ってカエラは遊々と宇民の方へ駆けていく。

その大きいようで小さい背中を、俺は微笑ましく見送っていた。

「きょ、橋汰くん……」

「おお、どうした龍虎」

なにやら龍虎がおずおずと、俺に近寄って来て何かを手渡す。

それは、この大洗が舞台である、例のアニメのキャラのアクキーであった。それも俺が特に推しているキャラである。思わずギョッとする。

「こ、これ……なんで……？」

「橋汰くん、まだ観てないって言ってたけど……もし観たら、このキャラのこと好きになるだろうなって、思って……だから、あげる」

「マ、マジか～、うわすげえ嬉しい！　ちなみになんでこのキャラが好きになると？」

「ほ、他の作品の好きなキャラに、近いから……あと橋汰くんの好きな声優さんだし」

見事に言い当てられて、むしろ俺は恥ずかしい気分になってきた。そんなに分かりやすいのか、俺の好みって。

ただそれだけ理解されていることは、悪い気はしない。

「サンキュー龍虎、夏休みに観てみるわ」

「う、うん……面白いよ」

「そういやメスガキ化計画は……」

「ぷぷぷ～橋汰くん喜びすぎ～♪　泣いちゃうの～泣いちゃうの～～～？」

「あぁっ……心の柔らかいところにちょうど届くっ……！」

この反応速度でメスガキを発動するとは。免許皆伝の分からせを与える必要がありそうだ。

旅行バイト中、三つの○○計画が進行していたが、一番進歩があったのは龍虎だろう。メスガキを駆使して本当の気持ちを吐露するとの目的だったが、こうして見事に叶えている。

真田さん相手に発動した時はヒヤヒヤしたけどな。

「――ぅぅん」

「ん？」

「う、上田……」

龍虎に続いて、宇民もなにやら緊張した面持ちで俺の元へやって来た。その前にまたなんか変な音がしていたけど。

「わ、忘れてないわよね……」

「ああ、よく二回で我慢したな」

「へ、へへ……そうでしょ！」

宇民によるイキらない計画。

旅行バイト中に三回イキらなければ、宇民の望みを叶えるというものだ。

二回目のイキリが出た時はこりゃ無理かなと思ったが、結果的に三回目は出なかった。本当にギリギリの場面もあったが、気合いで我慢していた。その努力は認めなければならない。

「じゃあ約束通り……な、夏祭りに……」

「ああ。近づいたら連絡してくれ」

「わ、分かった！」

宇民にしては珍しい、心の底から滲み出たような無邪気な笑み。

俺はこの夏休み、宇民とふたりで、夏祭りに行くのだ。

その笑顔が眩しいほど、俺の良心は痛んでいく。

俺は、どうすべきだったのか。そして、どうすべきなのか。

悩みは尽きないが、少なくとも今、宇民に言っておくことがひとつあった。

「ただ、そっちこそ何か忘れてないか、宇民」

「うっ……」

イキらない計画を発案した際、こんな条件も課した。

一度イキったりキレたりするごとに、遊々とカエラへデレるというもの。

「二回やったから、遊々とカエラ、ひとりずつにデレろよ。さあ今、デレるんだ」

「わ、分かってるわよっ……」

宇民は顔を紅く染めながら、遊々とカエラの方へ近づく。

「んー、どったんうたみん」

「うたみん、顔赤い……」

「あ、あの……い、いつもありがと……」

　宇民は震える唇でそう告げると、遊々とカエラに何かを手渡した。

「え～～なにこれ!?　うたみんからアタシたちにプレゼント!?」

「う、うん……聖地巡礼した時、ショップで見つけて……」

「えへえへっ、可愛い……」

　宇民がふたりに贈ったのは髪留め。カエラと遊々、それぞれに違うデザインのものを渡している。そして宇民もまた、自分の分も買ったらしい。

「こ、今回の思い出に……形に残るものがあればって、思って……」

　プルプル震えながら告げる宇民に、遊々とカエラは目をじーんっとさせる。

　そして感情のままに、抱きついた。

「うたみんキューンだっ！　キューンだよ！」

「えへえへ、キューン」

「な、だ、抱きつかないでよ……」

「うーん、うたみんちゅっちゅ！」

「ちゅっちゅ」

「ひぃっ、や、やめなさいって！　もう！」

遊々とカエラにもみくちゃにされる宇民。だがそこまで嫌がっている様子には見えない。
何はともあれ、極上のてぇてぇが見られて俺は満足であった。

「橋汰くん……」

「おお、遊々」

先にてぇてぇから離脱したらしい遊々が、俺の元へ近寄ってきた。

「お前は結局、ヘニャヘニャヘロヘロのままだなぁ」

「えへえへ、橋汰くんのせい……」

「なんでだよ」

遊々は夏葉さんからの直接指導を受け、立ち姿や所作、口調などを矯正。カエラや宇民からは称賛されるほどの変貌を遂げた。

が、俺を前にするとそんな魔法が解け、いつもの遊々に戻ってしまう謎仕様が判明。

結局夏葉さんの努力も虚しく、俺の前ではこうしてえへえへした遊々になっていた。

「俺の前以外なら、シャキッとできるようになったんだろ？」

「うん……前よりはちゃんとしてると、思う……」

「なんで俺にだけ……じゃあ俺、一生ちゃんとした遊々のこと見られないじゃん」

「えへえへ、ごめん……」

「本当だよ」

謝ってはいるものの、そこまで気に病んでいる様子はない。というのも遊々は、このファッション陽キャ化計画の中で、ひとつ気づいたらしい。

「陽キャって、むずいし……才能ないかも……」

「うーん、どうだろうな。そういや遊々、前にみんなでウチに泊まった時は、ちょっと心細い思いをしたって言ってたよな。ザワザワして、落ち着かなかったって」

「ああ、うん……」

「それは、今回の旅行ではあったのか？」

遊々はキョトンとした。頭をフラフラ揺らして考えたのち、答える。

「……あれ、なかったかも」

「じゃあさ、あの頃よりは陽キャに近づいたんじゃね？」

「そ、そうかも！」

成長を自覚して、遊々はえへへ言って揺れる。嬉しそうで何よりだ。

「夏葉さんがいなけりゃ、所作とかの矯正は難しいかもだけど……口調は努力できるよな。この前やったみたいに録音して……ええっと、あった」

俺はスマホで、昨日の早朝に録音した遊々との会話のデータを掘り起こす。

そこでふと、違和感に気づいた。

「あれ？　もうひとつデータが……」

「あっ、それ……」

なぜか先に勘づいたのは遊々だ。俺は遊々のどこか照れ臭そうな顔を見ながら、そのデータを再生してスマホを耳に近づける。

すると聞こえてきたのは、遊々の声。

『――橋汰くん……いつも、いっぱい、ありがと……』

「っ……」

聞き覚えのない、録音した覚えもないデータ。

そのふわふわと柔らかい、ありったけの感謝がこもった声に、思わず胸がキュッとする。

「こ、これ……いつ……？」

「えへえへ……録音を始めた瞬間に、徒然くんとかが来て、橋汰くんは席を離れたでしょ？」

「あ、ああ……そうだったっけ」

「その時に録った……えへえへ、橋汰くん、やっと気づいた……」

遊々はイタズラをしかけた小学生のように無邪気に笑う。

だがどこか恥ずかしそうで、目線は合わず、ひたすら手で頬を扇いでいた。

「橋汰くん、あのね……私、橋汰くんみたいな陽キャになりたいって言ったけど……今はちょっと違うかも……」

「……というと？」

「龍虎くんが今、すごいメスガキでしょ？」

「そうだな。今、龍虎のメスガキが熱いよな」

「コォォォ……！」

え、嫉妬トラップだったの？

「それを見て、自分の個性を活かすのって大事だなって、思って……」

「あー、そうだな」

自分が元々持っている性質や特技を伸ばしていく。己の個性をアドとして成長する。それはきっと人生において、大切なことなのだろうと思う。

そのことに気づいた遊々が、導き出した今の答え。

「だから私も、陰キャを良い方向に活かしていこうかなって……橋汰くんは、陰キャも立派な個性だって言ってくれるから。みんな、えへえへが可愛いって言ってくれるし……」

「ああ、いいじゃん。どんな陰キャになりたいんだ？」

「ま、まだぼんやりしてるけど、抽象的に言うと……」

遊々はモジモジしながら、それでも俺の目を見つめて、言った。

「か、可愛い陰キャになろうかな……えへえへ」

「……ああ、良いなそれ」

「で、でしょ……ん？　な、なにーうたみん？」

そこで宇民が遊々を呼ぶ。なにやら聞きたいことがあるらしい。

遊々は最後に俺に向かってえへえへと言うと、たたたーっと宇民の元へ駆けていった。

その丸まった背中を見つめて、ポツリと本音が漏れる。

「……もう、なってるだろ」

「——ぬううぅん……」

「んん？」

なにやら今朝真田さんと話した時から、時折変な音が聞こえる。

不気味な、地を這うような音。どこか、遊々たちの嫉妬の息吹に近い気もする。

音のした方向にはカエラがいた。何食わぬ顔で俺を見つめ、首を傾げている。

「なーカエラ、今なにか聞こえなかった？」

「……んー？　いや別にー」

「マジかー、耳鳴りかぁ？　海水が耳に入ったからかな」

「そりゃ心配っすねぇ。ジビジビ耳鼻科に行った方がいいんじゃね？」

「だなぁ。明日も聞こえるようなら行ってくるか……あっ」

ホームに鳴り響くアナウンス。もうすぐ電車が到着するようだ。

「さー、いよいよ大洗とはおさらばだ」

「ひぃ～ん寂しい～っ！　夏の終わりってやつなん～？」

「なに言ってんのよ。夏休みはまだまだこれからでしょ」

「ま、まだ八月にも入ってないよね……」

「おおよ！　夏はまだこれからだ！　死ぬほど遊び散らかすぞ！」

「えへえへ、帰ってからもいっぱい遊ぼうね……」

電車に乗り込んだ俺たち。

みんながみんな名残惜しそうに、夕陽に染まる海や街並みを、車窓から眺める。

カエラの言葉は言い得て妙だった。夏はまだまだこれからなのに、まるで夏が終わるような寂寥感が心を占める。これが旅の終わりというものなのか。

様々な感情が入り乱れた大洗での旅行バイト。

たった二泊三日だが、それぞれが少しだけ成長したような、やっとスタートラインに立てたような、充実した時間だった。

車窓から海が見えなくなった頃には、まるで夢の中で旅を続けるかのように、俺たち全員が身体を寄せ合って、眠ってしまった。

三日間、大洗とその途上には、俺たちだけの青春があった。

エピローグ

「──と、そんな旅行バイトでしたよ」

「そうですか。充実していたようで何よりです」

本日も快晴の真夏日。

蟬が大いに鳴いている窓の外には、大洗の空に負けず劣らずの夏空が広がっていた。

まだ八月にも入っていない夏休みの真っ只中、俺はひとり、イマジナリーじゃない小森先生と対面していた。当然校舎の中、いつもの進路指導室にて。

「私は高校三年間、夏休みはずっとバレーボール漬けの毎日でしたから、正直羨ましいです」

「ええ、本当に楽しかったです」

「私の高一の夏休みなんて、練習中に打撲してまぶたを真っ青にしていたのに、上田くんたちは友達と旅行で短期バイトですか」

「そうですね」

「私の高一の夏休みなんて、先輩風を吹かせているひとつ上の人のためにアイスを買い出しに行っていたのに、上田くんは友達と海ですか」

「そうですね」

「私の高一の夏休みなんて、練習サボって怒鳴られていたのに、上田くんは海で朝釣り……」

「卑屈になりすぎでしょ」

小森先生にも悲しい過去じゃないいんだよ。てか最後のは自業自得じゃねえか。

とはいえ羨ましがる小森先生は現在、美味しそうにフルーツサンドを頬張っている。

「どういう風の吹き回しでしょう。私にフルーツサンドなんて。美味しいですけど」

「まぁ、いろいろありまして……」

俺は夏休みの宿題を早々に片付けようと、本日は学校の自習室を利用しに来た。

そのついでに、イマジナリー小森先生の言葉通り、本体へフルーツサンドを供えようと小森先生に会いに来たのだ。

夏休み前の面談にて、謎に提言されたイマジナリー小森先生への相談。

結果としてそれが旅行中、俺の背中を押してくれた。めちゃくちゃ邪魔な時もあったけど、悔しくも救われた自覚があった。フルーツサンドはそのお礼のつもりなのだ。

照れ臭いが、俺はその気持ちを言葉にする。

「これはなんというか、イマジナリー小森先生への感謝の気持ちですよ」

「上田くん……」

するとと小森先生は、フルーツサンドを片手に、こう告げるのだった。

「イマジナリー……え、なんですかそれ……怖ぁ……」

「**オメーが言ったんだろうがあああああああああッッ！**」

あとがき

持崎湯葉です。

『陽キャになった俺の青春至上主義』二巻、ご購入いただき誠にありがとうございます！

さて、ここでは前巻のあとがき同様、主要キャラの掘り下げをしていこうと思います。

今回のテーマは『食のマイブーム』。六人が今ハマっている食べ物とは。

○上田橋汰――刺身

春先、徒然が飯屋を紹介するというのでカエラとついていくと、そこは海鮮丼の店。生魚が苦手な橋汰は動揺する。ここで「生魚食えない」と言えば空気が悪くなるからだ。なので無理やり食べてみると、驚くほど美味しかった。それがきっかけで小皿が引くほど刺身にハマる。

○七草遊々――板チョコ

ある日の休み時間。橋汰にガムとチョコを渡されて「一緒に食べてみ？」と言われたので、えへえへ言いながら食べると、ガムが口の中で溶け、膝から崩れ落ちるほどの衝撃を受ける。それはそれとしてその時もらった板チョコが美味しかったので、最近よく買っているらしい。

○青前夏絵良――激辛ラーメン

街で噂の激辛ラーメンの店へ六人で来店。激辛好きのカエラはお気に召したが、他の五人は阿鼻叫喚。カエラは残念そうに、「次は激辛好きの男友達と来るわ～」と呟く。すると途端に橋汰が涙と鼻水を垂らしながら「うめえぜ！」と完食。それからたまに橋汰と来ているらしい。
○宇民水乃――○ブルチー○バーガー
自炊している宇民は『ファストフードはコスパが悪い』が信条。だがある日カエラと遊々に付き合って某バーガー店へ来店。そこで初めて食べた○ブルチー○バーガーに衝撃を受ける。それから、休日に図書館で自習した帰り、たまにこっそり買い食いしているらしい。
○三井龍虎――ポークカレー
橋汰の家での人生初めてのお泊まり会にて。みんなで食べたカレーが忘れられず、それ以降龍虎は母親に、「カレーを作るなら豚肉で作ってほしい」と頼むようになったらしい。
○小笠原徒然――丼もの全般
ある日橋汰に「お前、三角食べ下手だな」と指摘され、そこで初めて三角食べという概念を知る。彼なりに考えた結果、「おかずを丼飯に載せれば解決だ！」と謎の結論に至ったらしい。

ここで謝辞を述べます。まずイラストを描いてくださいました、にゅむ先生。一巻に続いて表情豊かにキャラを表現していただき、誠にありがとうございました。
編集部ならびに担当編集さまもありがとうございました。今後ともよろしくお願いします。
最後にここまで読んでくださいました読者のみなさま、ありがとうございました！

持崎湯葉

ファンレター、作品の
ご感想をお待ちしています

〈あて先〉

〒106－0032
東京都港区六本木2－4－5
SBクリエイティブ（株）
GA文庫編集部 気付

「持崎湯葉先生」係
「にゅむ先生」係

本書に関するご意見・ご感想は
右のQRコードよりお寄せください。

※アクセスの際や登録時に発生する通信費等はご負担ください。

https://ga.sbcr.jp/

陽キャになった俺の青春至上主義2

発　行　2023年5月31日　初版第一刷発行

著　者　持崎湯葉
発行人　小川　淳

発行所　SBクリエイティブ株式会社
〒106−0032
東京都港区六本木2−4−5
電話　03−5549−1201
03−5549−1167（編集）

装　丁　AFTERGLOW

印刷・製本　中央精版印刷株式会社

ISBN978-4-8156-1867-4
Printed in Japan
GA文庫

孤高の暗殺者だけど、標的の姉妹と暮らしています

GA文庫

著：有澤 有　画：むにんしき

政府所属の暗殺者ミナト。彼の使命は、国家の危機を未然に防ぐこと。そんな彼の次の任務は、亡き師匠の元標的(ターゲット)にして養女ララの殺害、ではなく……一緒に暮らすことだった!?　発動すると世界がヤバい異能を持つというララ相手の、暗殺技術が役立たない任務に困惑するミナト。そんななか、師匠の実娘を名乗る現代っ子JK魔女エリカが現れ、ララを保護すると宣言。任務達成のため、勢いで師匠の娘たちと暮らすことになってしまったミナトの運命は――？

「俺が笑うのは悪党を倒す時だけだ」

「こーわ。そんなんで、ララのお兄ちゃんが務まりますかねえ……」

暗殺者とその標的たちが紡ぐ、凸凹疑似家族ホームコメディ、開幕！

新婚貴族、純愛で最強です

著：あずみ朔也　画：へいろー

「私と結婚してくださいますか？」

没落貴族の長男アルフォンスは婚約破棄されて失意の中、謎の美少女フレーチカに一目惚れ。婚姻で授かるギフトが最重要の貴族社会で、タブーの身分差結婚を成就させる！　アルフォンスが得たギフトは嫁を愛するほど全能力が向上する『愛の力』。イチャイチャと新婚生活を満喫しながら、人並み外れた力で伝説の魔物や女傑の姉たちを一蹴。

気づけば世界最強の夫になっていた！

しかし花嫁のフレーチカを付け狙う不穏な影が忍び寄る。どうやら彼女には重大な秘密があり――!?　規格外な最強夫婦の純愛ファンタジー、堂々開幕!!

試読版は
こちら!

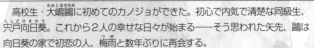